COLLECTION FOLIO

Marie Ferranti

La princesse de Mantoue

Gallimard

Marie Ferranti est née en 1962 à Bastia. Elle a enseigné la littérature avant de se consacrer entièrement à l'écriture. Son premier roman, *Les femmes de San Stefano*, a reçu le prix François Mauriac en 1995 et *La princesse de Mantoue*, le Grand Prix du roman de l'Académie française en 2002. Elle vit à Saint-Florent, en Corse.

À Lucien et à Maria

1

Barbara de Brandebourg était laide.

Elle a près de cinquante ans, quand Andrea Mantegna la peint, en 1470, au côté de son époux, Louis de Gonzague, entourée de ses nombreux enfants et de la cour de Mantoue.

« Dans la Camera depicta[1], écrit-elle à sa cousine, Maria de Hohenzollern, Mantegna m'a fait des yeux las et jaunes, étirés vers les tempes comme ceux des chats. Rien de délicat dans ma figure. Oserai-je avouer que je suis étonnée de me voir ainsi ? Mais dame Julia, la naine, qui se tient à mes côtés, est d'une ressemblance confondante et je ne puis donc douter de la mienne avec ce portrait.

Le regard des autres est sans indulgence

1. La Chambre peinte, du château San Giorgio, à Mantoue

pour nos défauts et celui de Mantegna est impitoyable. Je lui en sais gré. La dureté, dans le domaine des arts, est une vertu et il est bon parfois de se voir tel que l'on est. Ma stupeur vient cependant que l'on me reconnaisse là où moi-même je crois voir une étrangère. Cela donne lieu à des méditations plus profondes. S'arrête-t-on à mon apparence et non à ce que je suis ? Qui peut le dire ? Toi, peut-être, chère Maria… »

Barbara n'a pas tenu rigueur à Mantegna de l'avoir peinte ainsi. Jamais, sa volumineuse correspondance l'atteste, elle ne songea à faire détruire la fresque de la Camera depicta, comme Isabelle d'Este le fit d'un tableau de la main de Mantegna, parce que l'artiste avait négligé de l'embellir, ce que l'orgueilleuse Isabelle n'avait pu supporter.

Barbara de Brandebourg plaçait ailleurs ses ambitions.

Ainsi, elle disait aimer en Mantegna l'humilité qui lui fit écrire, dans la dédicace placée au-dessus de la porte, que la Camera depicta était une modeste composition.

Au XVe siècle, Galleazo Maria Sforza, duc de Milan, disait avec une admiration mêlée d'envie de « cette modeste composition » qu'elle était la plus belle chose du monde.

Au XVIIe siècle, on appela la Camera depicta, la Camera degli Sposi [1]. Elle a depuis gardé ce nom. Les princes de Mantoue, Louis de Gonzague et Barbara de Brandebourg, étaient ainsi liés pour l'éternité.

*

C'est vers la fin de l'année 1456 que Louis de Gonzague appelle Mantegna à Mantoue, d'autres artistes et non des moindres, comme Donatello, ont décliné son offre.

Mantegna ne semble pas pressé de s'installer chez son nouveau maître. Le marquis, que les retards de Mantegna exaspèrent, lui demande de rejoindre Mantoue au plus vite.

1. La Chambre des Époux.

Mantegna réside alors à Vérone. Il vient d'épouser la fille de Jacopo Bellini, l'un des plus fameux peintres de Venise. Il a déjà une certaine notoriété et les commandes affluent. Il envoie plusieurs missives à Louis de Gonzague. Elles se ressemblent toutes. Il assure le marquis de sa fidélité, déplore de ne pouvoir le satisfaire : « Votre Seigneurie, écrit-il, sait que mon impatience d'être à Mantoue est aussi grande que la vôtre de m'y voir. »

Cependant, les mois passent et Mantegna n'arrive toujours pas.

Barbara ne fut pas étrangère à sa venue. Les atermoiements de Mantegna, tout grand peintre qu'il fût, l'irritaient. Elle s'en plaint à plusieurs reprises dans ses lettres.

Barbara prit ses renseignements. Elle n'ignorait pas l'ambition de Mantegna et, pour l'attirer à Mantoue, convainquit son mari de lui donner un titre de noblesse.

Louis fut généreux : il offrit au peintre l'écu du titre orné des armes des Gonzague et d'une version de l'un de ses emblèmes. Il ajouta un coupon de brocart rouge damassé d'argent dans lequel Mantegna pourrait se faire couper un habit de cour.

Un mois plus tard, Mantegna est à Mantoue. Il n'aura pas fallu moins de quatre ans et un titre de noblesse pour le décider à s'y rendre.

« Le poisson, écrit Barbara à sa cousine Maria de Hohenzollern, ne reste jamais longtemps indifférent à l'appât. »

Dans ses lettres, Barbara fait souvent montre d'une belle humeur, d'une joie de vivre et d'une curiosité très vive. Après la mort de son mari, le ton change ; la langue semble pétrifiée. En particulier dans ses réponses à sa fille cadette, Paola, Barbara témoigne parfois d'une sécheresse de cœur allant jusqu'à la cruauté.

Ses dernières lettres font songer à la dureté des lignes que traça Mantegna et montrent à quel point le portrait qu'il fit de Barbara de Brandebourg dans la Chambre des Époux devait être ressemblant. Les apparences ne sont jamais trompeuses.

Barbara de Brandebourg n'a pas dix ans quand elle arrive à la cour de Mantoue pour épouser Louis de Gonzague, premier-né de Francesco de Gonzague et de Paola Malatesta.

Elle est Hohenzollern par sa mère, parente de l'empereur Sigismond. Issue de la meilleure noblesse allemande, elle a été destinée, dès sa plus tendre enfance, à l'aîné des Gonzague.

Barbara est accueillie chaleureusement à la cour de Mantoue. Celle-ci n'a rien de commun avec la cour allemande que Barbara vient de quitter. « À côté des Gonzague, les Brandebourg sont des rustres », écrit Barbara.

Entouré d'humanistes, de musiciens, de philosophes, Francesco de Gonzague voulut parfaire l'éducation de cette enfant. Bien qu'elle sût écrire et parler l'allemand, elle lui parut, au dire de Vittorino da Feltre, « d'une épouvantable ignorance ». Francesco de Gonzague avait dit de Barbara que son prénom lui allait à ravir, ce qui, dans sa bouche, n'était naturellement pas un compliment.

Francesco et Paola de Gonzague ne faisaient pas la différence entre les filles et les garçons. Tous leurs enfants, et il semble que Barbara fut très vite considérée comme l'une d'entre eux, bénéficièrent d'une éducation très soignée. On lui donna pour précepteur Vittorino da Feltre, qui était aussi celui de Louis et de ses frères : Charles, Alexandre et Jean-Lucile.

Fin lettré, il donnera à tous les Gonzague le goût de la musique, de l'art et de la poésie. Jusqu'à sa mort, en 1472, il fut attaché à la maison des Gonzague. Sa correspondance est une précieuse source de renseignements sur la vie de cour au XVe siècle. Il jouera un rôle de tout premier plan dans la vie de Louis et de Barbara.

Vittorino da Feltre enseigna à Barbara le latin, le grec et le dialecte lombard. Barbara le parla et l'écrivit toujours, de son propre aveu, sans que son plaisir ne fût jamais tari. Elle le pratiqua autant que sa langue maternelle qu'elle n'abandonna jamais car elle entretint une correspondance suivie avec toute sa famille et ses amis.

Vittorino fit aussi aimer la poésie à Barbara de Brandebourg. Elle était capable à soixante ans passés de réciter des chants entiers du Dante, sans en omettre un seul mot.

Sa fille Barberina, dans une de ses lettres, fait l'éloge de sa mémoire prodigieuse, mais aussi de la beauté et de la mélodie de sa voix.

Cependant, celle qui fut la plus sensible à la poésie et qui la comprit le mieux fut Paola, sa fille cadette, avec qui Barbara fut si cruelle.

*

Trois mois après son arrivée à Mantoue, Barbara de Brandebourg épouse Louis de

Gonzague. Il a dix-neuf ans, elle en a à peine dix. Ils sont mariés dans la chapelle des Gonzague par l'évêque de Mantoue. Maria de Hohenzollern, à peine plus âgée qu'elle, sert de témoin à la mariée.

Le mariage n'est pas consommé. Par contrat, Louis de Gonzague s'est engagé à attendre que sa femme soit pubère. Barbara aura à peine le temps de voir son époux. Quelque temps après ses noces, Louis s'enfuit de Mantoue.

De Louis, Barbara ignore tout, ou presque.

Louis de Gonzague est petit, maigre, d'une santé fragile qu'il a héritée de sa mère, Paola Malatesta. En s'alliant aux Gonzague, Paola a apporté avec elle une maladie qui désespéra Barbara de Brandebourg toute sa vie : Paola Malatesta est bossue.

Cette mauvaise santé pousse son père à interdire à Louis de trop longues chevauchées et Louis à ne faire que de rares apparitions en public. Les pires rumeurs circulent à Mantoue, non seulement à la cour, mais en ville.

L'héritier des Gonzague, dit-on, ne pourrait gouverner. Rares sont ceux qui misent sur l'avenir de ce jeune homme souffreteux. Peu à peu, Louis est mis à l'écart. Tous les regards se tournent vers Charles, son frère cadet.

Dans le cœur de tous règne Charles.

Comment résister à son charme ? Vittorino da Feltre ne tarit pas d'éloges sur ce jeune homme doué de toutes les grâces. Il soutient des conversations philosophiques et théologiques avec le maître, lit le grec et le latin à livre ouvert, est un musicien hors pair, chante divinement.

Charles est aussi robuste que Louis est chétif, aussi vif que Louis est timide, aussi chaleureux que Louis est réservé. Louis sait qu'il ne peut soutenir la comparaison avec son frère.

Francesco de Gonzague a du mal à cacher sa préférence pour Charles. Sans une foi austère et un sens de la justice aiguisé par les souffrances physiques que lui inflige la maladie, Paola aurait pu céder elle aussi à l'orgueil légitime d'avoir un fils parfait en tout. Elle atténuera toujours les mérites de Charles, non parce qu'elle ne savait pas les juger à leur juste valeur, mais parce que le droit était avec le premier-né. Celui-ci ne devait souffrir au sein de sa propre famille d'aucune rivalité qui aurait pu lui nuire. Cependant, Paola craint elle aussi que Louis ne soit jamais le maître de Mantoue.

Vittorino da Feltre, dans une de ses lettres, confie à son ami Gregorio Simeone : « Toute la cour est persuadée que le jeune Louis de Gonzague ne vivra pas assez vieux pour gouverner, même sa mère le croit. Certains le souhaitent. Pour moi, je souhaite que le droit d'aînesse soit respecté, malgré l'amitié qui me lie au cadet, qui, comme tu le sais, est plus proche d'un ami selon mon cœur que Louis. »

Vittorino da Feltre tiendra parole au moment venu.

En 1432, Francesco de Gonzague a obtenu de l'empereur Sigismond, contre une forte somme d'argent, le titre de marquis pour Louis.

Il prend rang juste après celui de duc, le premier dans la hiérarchie impériale.

La vie de Louis en sera changée.

À peine marié, il s'enfuit de Mantoue en pleine nuit.

Barbara est prévenue quelques heures plus tard. Toute la cour est en émoi. Barbara se présente en « fille obéissante » devant Francesco et Paola, leur demande ce qu'il convient de faire. Ils la prient de rester à Mantoue jusqu'au retour de Louis, la rassurent : le mariage n'est pas rompu ; l'absence de Louis ne saurait être trop longue.

Le marquis Francesco et sa femme refusent d'abord d'envisager le départ de Louis comme une fugue. Ils parlent d'un voyage impromptu, mais « à la pâleur de leur visage, dit Vittorino da Feltre, chacun pouvait juger de la gravité de la situation ».

Quelque temps après, ils doivent se rendre à l'évidence : Louis s'est présenté au duc de Milan, Filippo Maria Visconti, et s'est mis à son service.

Que se passe-t-il alors dans le cœur de Barbara ?

Ce n'est encore qu'une enfant. Elle est épouvantée. Sa plus grande crainte est d'avoir à quitter la cour de Mantoue où elle a trouvé une vraie famille : Francesco et Paola seront toujours pour elle de précieux alliés. Elle ne veut pas quitter non plus les dames de la cour — certaines ont son âge et sont devenues ses compagnes de jeu — ; enfin, Barbara vénère son maître Vittorino da Feltre qui voit en elle « une élève, d'une curiosité et d'une hardiesse de pensée qui, malgré son jeune âge, dépassent de beaucoup celles de son mari ». Il n'en sera pas toujours ainsi, mais Barbara manifeste de telles dispositions qu'elle fait l'étonnement de toute la cour.

Sa seule consolation, si elle devait rentrer à Brandebourg, serait de retrouver Maria de Hohenzollern, sa cousine, à qui elle écrit chaque jour ; elle lui ouvre son cœur sans rien dissimuler de ses pensées. Rien, sauf les deuils qui, pendant des mois, sont marqués par le silence, n'interrompra cette correspondance. Les deux cousines se rencontrèrent rarement dans leur jeunesse et cessèrent de se voir ensuite, tout en promettant toujours de se rendre visite.

En 1479, Barbara refuse même d'aller voir Maria qui se meurt et la demande : « Puisque ma fin ne saurait être trop éloignée de la tienne, je veux emporter avec moi, lui écrit-elle, l'image de la jeunesse. Quand je pense à toi maintenant, c'est sous les traits de la jeune fille venue assister à mon mariage. T'en souviens-tu ? Les jours heureux que nous eûmes alors ! Nous passions notre temps à babiller dans notre langue, nous jacassions du matin au soir ! Jamais plus nous n'avons joui d'une telle liberté accordée de si bonne grâce par Paola Malatesta. Elle savait que ce bonheur-là touchait à sa fin, alors que nous le croyions éternel. »

Mais au moment de la fuite de Louis, quand Barbara confie son désarroi à Maria de Hohenzollern, nous ne savons pas ce que Maria répond à cette cousine, qui est désespérée et semble si sage : la plupart de ses lettres sont perdues.

Pendant quelques mois, jusqu'à l'allégeance de Louis de Gonzague à Francesco Maria Sforza, Barbara se tait. Ensuite, cela s'avère impossible. Elle prévient donc son père Jean, surnommé l'Alchimiste, à cause de sa folie des expériences, qui le tient enfermé des nuits entières dans une aile de son château.

Jean de Brandebourg est embarrassé, il ne sait que faire de cette fille qu'il a peu connue, presque oubliée : il lui ordonne d'attendre.

Barbara de Brandebourg attendra sept ans. Elle saura gré à Charles de la gentillesse qu'il lui montre dans les premiers temps de l'absence de Louis. Charles cherche à la distraire de son chagrin, joue de la musique, veut lui apprendre à jouer de la harpe, mais Barbara n'a aucun don pour la musique.

« Je n'éprouve, dit-elle, aucun goût à faire de la musique. J'en ai même de la répugnance.

Je n'ai que du plaisir à l'écouter et encore le fais-je les yeux fermés car je n'aime pas voir la difficulté, même légère, qu'a le musicien à produire des sons. Je ne puis en entendre trop longtemps. Je me demande comment Charles peut en jouer des heures entières sans se lasser. Il me semble que cela mollit le caractère. On m'a dit que Louis n'aime pas la musique autant que son frère, ce que je veux bien croire, il ne pourrait autrement mener une telle existence. »

*

Barbara, durant les deux premières années de l'absence de Louis, se tourne vers la religion. Elle prie, fait dire des messes, fait pénitence pour que Louis revienne. Elle a une dévotion particulière pour saint Sébastien. Elle passe ses journées et parfois même ses nuits dans la chapelle des Gonzague. On s'inquiète, on la supplie de cesser, on n'ose le lui ordonner. Au vrai, on craint pour sa raison. Alarmes inutiles. Jamais Barbara ne sombrera dans les délices des transports mystiques : elle s'en méfie. Mais ce qu'elle appellera plus tard, dans ses lettres, « la discipline de la conversation avec Dieu », où elle fait réflexion sur soi, deviendra une habitude dont elle ne se défera plus. Même dans les pires circonstances, Barbara prend le temps de réfléchir, d'attendre, comme elle le dit joliment, « d'avoir l'esprit refroidi ». Cette sagesse, plus d'une fois, sera précieuse à Louis.

Les cinq années suivantes, Barbara, dont le chagrin est passé (n'avoue-t-elle pas à Maria de Hohenzollern qu'elle a oublié jusqu'au visage de son époux ?), s'instruira des usages de la cour, prendra à cœur l'étude du dessin, celle de la poésie, en particulier celle de Virgile, de l'*Énéide*, dont elle traduira des passages entiers.

Elle se passionne pour Didon dont elle écrit à sa cousine : « Didon me semble une autre moi-même. Écoute plutôt : "La Terre et Junon l'Hyménéenne donnèrent le premier signal. Des feux brillèrent dans le ciel complice de leurs noces, et sur le haut des montagnes, les Nymphes hurlèrent le chant nuptial. Ce fut le premier jour des malheurs de Didon, la première cause de sa mort[1]." Cependant, ajoute Barbara, Didon fut victime des Dieux et je ne le suis que de la folie de mon époux. »

*

Quand il s'enfuit de Mantoue, Louis de Gonzague veut être soldat. Il sera un guerrier. Il s'allie avec cette tête brûlée de Niccolo Piccinino. On le surnomme le Turc, à cause de sa férocité.

Barbara, à l'annonce de cette nouvelle, s'enferme trois jours, prie sans boire ni manger. François de Gonzague maudit son fils, l'accuse de trahison : Mantoue a toujours été l'alliée de Venise. Peu s'en faut que sa fugue ne le fasse déshériter. Paola s'y oppose. Elle demande à Francesco de pardonner à Louis. Il refuse.

Le temps jouera pour Louis. Vittorino, son maître, lui apporte son soutien. « Je juge,

1. « Prima et Tellus et pronuba Iuno / dant signum ; fulsere ignes et conscius aether / conubiis, summoque ulularunt uertice Nymphae / Ille dies primus leti primusque malorum causa fuit. »

écrit-il, grande et inestimable la valeur d'un homme qui se forge un tel destin, contre sa nature même. »

Louis de Gonzague se bâtit une telle réputation dans toute l'Italie que le plaidoyer de Vittorino da Feltre auprès de Francesco portera ses fruits. Louis de Gonzague devient un *condottiere* de tout premier plan, au temps où l'Italie compte des hommes comme Colleoni et Francesco Maria Sforza, à qui une amitié indéfectible le liera toujours, même dans les circonstances les plus pénibles.

Enfin, Francesco de Gonzague pardonne.

*

Après une si longue absence, la première rencontre entre Louis et Barbara mérite d'être racontée.

Paola Malatesta avait fait exécuter un portrait de Barbara et l'avait envoyé à Louis, craignant, dit Vittorino, que les retrouvailles des jeunes mariés ne fussent gâchées, si son fils ne reconnaissait pas Barbara : il avait quitté une enfant et il retrouvait une jeune fille.

Toute la cour est rassemblée, la ville pavoisée. C'est le retour du fils prodigue.

« Louis n'est plus le même, au moral comme au physique. Tout son être respire la force. Son regard surtout ne s'oublie pas », écrit Vittorino.

Louis de Gonzague arrive à la tête d'une armée de plus de quatre cents hommes, tous en armes, le visage découvert et non casqué en signe de bienveillance. Louis et ses hommes viennent de reconquérir Milan pour le compte du duc Francesco Maria Sforza. Celui-ci a su se montrer généreux. Louis de Gonzague est riche.

Il n'hésitera jamais à vendre son art de la guerre pour renflouer les caisses des Gonzague. On le verra, sur un champ de bataille, en proie à une crise de goutte, se faire transporter en litière pour haranguer ses hommes et raviver leur ardeur au combat.

Mais, en cette année 1440, Louis est vaillant, il rentre dans sa ville en vainqueur. C'est le printemps. La beauté des armures, le fracas de chevaux, le cliquetis des armes laissent la cour et les Mantouans en admiration devant ce soldat réputé dans toute l'Italie du Nord. Ils ne reconnaissent pas en ce guerrier fier de ses conquêtes le jeune homme chétif d'autrefois. Louis est leur prince.

Aux portes de la ville, Francesco attend son fils. Louis descend de cheval, ils se donnent l'accolade ; puis Louis va pieusement s'agenouiller devant sa mère, qui le relève et lui donne un baiser. Tous ses frères le saluent et mettent un genou à terre devant lui en signe de soumission. Charles est là, lui aussi, pour assister au triomphe de Louis. Rien, dans ses habits de cour somptueux, hormis sa haute taille et son dos droit, ne le distingue de ses frères. Louis et Charles échangèrent-ils quelques mots ? Leurs retrouvailles furent-elles marquées d'un signe particulier ? Nous l'ignorons.

Rien de cela n'est consigné dans le récit de Vittorino da Feltre que je reprends ici.

Les sœurs de Louis sont figées dans une révérence respectueuse, mais la première dame que Louis relèvera sera Barbara. Il la nomme d'une voix forte devant tous ses hommes et la cour pour montrer qu'il la reconnaît. Il la prend par la main et remet son épouse à Francesco de Gonzague en signe de soumission à la volonté paternelle. Ce geste est accueilli par des hourras. L'énorme procession se met en route. Les fêtes données en l'honneur de Louis dureront trois jours et trois nuits.

« Ma nuit de noces, alors que je me souvenais à peine de la cérémonie de mon mariage, écrit Barbara, a passé comme un songe. J'étais épuisée par les fêtes qui duraient depuis deux jours et célébraient le retour de votre père. Mon manteau pesait sur mes épaules comme un joug. Quand je me retrouvai dans ma chambre et qu'on me délivra de ce fardeau, je m'assoupis aussitôt. Louis se glissa dans mon lit. J'eus à peine le temps d'ouvrir les yeux. Je sentis un poids terrible m'oppresser la poitrine. Il se leva du lit, ordonna que j'en sorte, vérifia que les draps étaient souillés de sang. Il partit sur l'heure à la chasse. Je ne le revis que huit jours après. »

Pour la convaincre que les façons de son mari n'ont rien d'extraordinaire, voilà ce que répondit Barbara — bien des années plus tard et avec quelle crudité — à sa fille Paola qui se plaint de la brusquerie de son époux allemand.

*

En 1444, Louis de Gonzague est au pouvoir.

Il est l'ami des humanistes et des artistes. On peut voir à la cour de Mantoue Filelfo, Poggio Bracciolini, Donatello, Alberti ou Luca Fancelli. Louis de Gonzague lit chaque jour des vers de Virgile, cher à son cœur car il est mantouan comme lui. Il écoute de la musique dont tous les Gonzague ont une véritable passion, mais, de sa vie militaire, Louis a gardé une brusquerie dans les manières, un ton rogue, une voix qu'il force continuellement.

« Je tressaille chaque fois qu'il me nomme », dit Barbara.

Accoutumée au raffinement de la cour de Mantoue et à la délicatesse de Charles, qu'elle ne regardait peut-être plus comme « un enfant charmant », car il avait près de dix-sept ans quand Louis s'enfuit de Mantoue, Barbara ne souffre pas les façons de son mari. Elle écrit à Maria de Hohenzollern qu'elle cherchera à « le toucher par l'oblique ».

Cette expression obscure révèle Barbara tout entière. Elle ne s'opposera jamais à son époux ni ne le heurtera de front. Pour le convaincre, elle chuchote s'il parle haut, suggère quand il commande, n'est que douceur alors qu'il est brusque.

Louis n'écrit-il pas à Francesco Maria Sforza : « Mon épouse parle si bas qu'il me faut toujours me pencher vers elle pour saisir le sens de ses paroles, de sorte que tout le monde à la cour croit que nous nous caressons sans cesse. Nous passons pour le couple le plus uni du monde. En vérité, nous le sommes. »

Si Barbara avait lu ces lignes, elle n'aurait pas douté de son influence et peut-être en aurait-elle abusé. Comme elle en doutait, elle fit preuve d'une patience infinie et prit une importance auprès de Louis qui ne fit que croître avec le temps.

*

En 1445, Louis règne sur Mantoue depuis un an. Son caractère emporté fait que personne n'ose émettre une seule opinion qui ne soit flatterie.

« La peur, écrit Barbara à Maria de Hohenzollern, coud les bouches les plus hardies. Encore qu'un bruit assourdissant recouvre tout à la cour, ce profond silence me déchire le cœur : il n'augure rien de bon. »

Habitué à vaincre et à commander, Louis de Gonzague a oublié les leçons de son maître, Vittorino da Feltre : il n'écoute plus personne. Barbara pressent le danger d'une telle attitude. Charles de Gonzague s'est éloigné de la cour mais n'a pas renoncé à Mantoue. Certains, à la cour même, sont ses partisans. Louis le sait et ne se prive pas de les mépriser et de se gausser d'eux en public, ce qui aggrave leur rancœur.

Le plus étonnant, pour qui examine sa vie — Louis de Gonzague est reconnu comme l'un des aristocrates les plus éclairés de son temps —, est qu'il règne alors sur Mantoue en despote.

« Je ne sais ce qu'il est advenu de mon enseignement, écrit Vittorino. Il faut prendre patience. Louis aiguise ses armes, qui sont encore grossières. J'attends qu'il s'en lasse, mais il n'échappe à aucun esprit avisé que, s'il tarde à le faire, cela peut lui être fatal. »

Quand Louis de Gonzague atteindra sa pleine mesure, Vittorino l'attribuera à l'expérience du pouvoir : « Le cœur se bronze », écrit-il. Pas un instant il ne se doute que Barbara est à l'origine de ces changements.

Barbara n'est pas une politique, mais, au début de son mariage, elle se dit curieuse de savoir ce que disent les bouches déliées.

Pour cela elle va user d'un stratagème qui assiéra le pouvoir de Louis et fera, de surcroît, ses délices. Le caractère de son époux en sera définitivement changé. Barbara fera en quelques mois de Louis le guerrier un homme sage. Du Turc, elle fera le plus patient des chrétiens.

Barbara de Brandebourg, au retour de Louis, est une toute jeune fille, pleine de fantaisie. Elle a dix-sept ans. L'expérience du monde ne lui a pas encore ôté l'insouciance et l'épreuve qu'elle a endurée n'a pas gâché un caractère naturellement gai. Elle a une passion pour le théâtre, les jeux, les danses dont elle n'est jamais lasse, ce qui est difficile à imaginer étant donné sa corpulence. Dès son plus jeune âge, elle se plaint d'un embonpoint, « qui l'embarrasse jusque dans les mouvements les plus simples ».

Barbara a hérité de son père une attirance pour les choses extraordinaires, le goût de l'improvisation et de la liberté, mais elle sait se *tenir*.

Cette alliance de raison et d'imagination, tempérée par l'éducation de Vittorino da Feltre, fit des merveilles. La cour de Mantoue était une des plus gaies d'Europe, en un temps où la gaieté en société était un devoir comme celui de faire la guerre à ses ennemis. La barbarie côtoyait la politesse la plus exquise chez ces grands seigneurs de la Renaissance.

D'ailleurs, Venise n'est pas loin et si Louis de Gonzague ne fut jamais son allié, la cour de Mantoue ne manqua pas de s'inspirer des raffinements vénitiens et de ses modes. La venue de Mantegna à Mantoue ne fit qu'accentuer cette influence, *oblique*, elle aussi.

*

Dans son jeune âge, Barbara n'aime rien tant que se promener dans les rues de Mantoue, courir les marchés et les échoppes. Cela lui est interdit sans une armée de domestiques et de suivantes, sans compter les hommes en armes. Aussi, Barbara, accompagnée d'une servante, à l'insu de son époux, se rend dans Mantoue, habillée en paysanne. « Je veux, écrit-elle, avoir le cœur net de l'opinion commune, qui n'est pas la moins sensée. »

Barbara regarde, écoute, dissimule son identité, se fait connaître sous le nom de Maria, ce qui l'enchante.

« J'ai le sentiment, écrit-elle à sa cousine, que je partage avec toi la joie de ces jeux. Tu me tiens compagnie. »

Maria se dit « stupéfaite, mais ravie ». Barbara ne laisse pas de la surprendre. Dans les rares lettres de Maria de Hohenzollern qui sont parvenues jusqu'à nous, Maria dit toujours attendre de sa cousine qu'elle lui conte des choses extraordinaires ; elle l'y pousse, l'encourage, veut qu'elle la « désennuie », et Barbara n'y manque pas.

*

Le subterfuge de Barbara ne reste pas longtemps secret. Louis, quand il apprend que sa femme sort sans escorte, est furieux, mais Barbara le persuade de se faire par lui-même une opinion de ce que pense Mantoue et non la cour. Le peuple est mécontent ; les impôts trop lourds, les hommes que l'on appelle, à tort, les Milanais et qui constituent la garde rapprochée de Louis, sont mal tolérés.

Barbara a raconté à Maria une scène qui se passe dans une auberge. Cette lettre resta longtemps méconnue du public. Elle n'a été dévoilée que dans les années 1930, à la faveur de la dispersion de la collection du célèbre marquis de Ventivoglio que la Ville de Mantoue a rachetée. C'est au cabinet des estampes du musée de la ville, où elle est conservée à l'abri de la lumière, que j'ai pu la consulter grâce à Pietro Mazetti, le conservateur.

Malgré sa longueur, je ne résiste pas au plaisir de la citer dans son intégralité[1] : « Il fallut attendre que la cour soit couchée. Il était plus de dix heures du soir. Louis et moi avions grand-peine à dissimuler notre impatience. Nous touchâmes à peine au souper. Cette sortie était prévue de longue date et nous ne l'aurions manquée pour rien au monde. On

1. Traduit de l'allemand par Pietro Mazetti in *Lettere di Barbara di Brandebourg*, Einaudi. Traduit de l'italien par Marie Ferranti.

s'enquit de notre mauvaise humeur. Nous la marquâmes encore plus. Voyant qu'elle ne faisait qu'empirer, on demanda la permission de se retirer et l'on prit congé plus tôt qu'à l'ordinaire, à notre grand soulagement. Seuls Francesco Rialoto, le capitaine des gardes de Louis, Teresa, ma *cameriera*, que j'ai connue, tu t'en souviens, dès mon arrivée à Mantoue, Louis et moi étions dans le secret. Imagine, ma chère Maria, Mantoue déserte, et nous quittant le château à pied, sans escorte, pauvrement vêtus, piaffant d'impatience, courant, soufflant, riant du bon tour que nous jouions.

Après avoir emprunté des ruelles étroites et sinueuses à t'en donner le tournis, nous arrivâmes enfin devant l'auberge où voulait nous mener Francesco.

Nous nous arrêtâmes un instant pour reprendre souffle et examiner notre visage. J'arrangeai ma coiffe, rappelai à Teresa de me tutoyer ; Louis en fit de même avec Francesco, son capitaine et, le cœur battant, nous nous engouffrâmes dans cette pièce bruyante, enfumée, empuantie par la crasse.

Cette auberge est ouverte toute la nuit à tous les songe-creux de Mantoue, les mercenaires, mal montés, mal vêtus, les femmes jeunes et vieilles, dont certaines ont leurs enfants qui dorment sur les tables ou à leurs pieds, à même le sol. L'air était si corrompu que les yeux et la gorge me piquaient. Il fallut s'accoutumer à cette puanteur et à l'odeur âcre de la suie.

Louis, jouant des coudes, nous trouva des places en bout d'une table déjà encombrée de victuailles et de vin. Je fus pour m'asseoir et Teresa esquissa une révérence, les yeux que je lui fis l'arrêtèrent. Par bonheur, personne n'avait rien remarqué. Je jurai. Teresa rougit jusqu'aux yeux et Louis fit une mine que je ne peux me rappeler sans rire tant fut grand son étonnement de m'entendre jurer. Sais-tu seulement comment j'ai appris ces jurons ? L'été, ils pénétraient dans ma chambre par la fenêtre ouverte. Dans la cour, les palefreniers ne se gênaient pas. J'ai noté que ces mots me venaient parfois naturellement. Eh bien ! crois-moi, ils apaisent la colère plus commodément que ceux que nous employons d'ordinaire. Bref, revenons à notre auberge. Francesco était celui qui était le plus à son aise. Il connaissait du monde, il salua des soldats qui voulurent se joindre à nous, mais Louis fit un signe à Francesco qui les éloigna.

À notre table, tout le monde était mêlé : jeunes et vieux, hommes et femmes. Au bout d'un quart d'heure, nous n'en étions plus étonnés. Trois grands gaillards me faisaient face et deux filles très jeunes qui étaient très gaies et, je crois, un peu ivres.

On nous apporta à boire et à manger : du ragoût de mouton et une soupe, le tout accompagné d'un mauvais vin. Nous bûmes et mangeâmes avec grand plaisir car cette longue course que nous avions faite nous avait ouvert l'appétit.

Pour entamer la conversation avec nos voisins de table, nous leur offrîmes du vin. Teresa, que le vin avait grisée et que je n'avais jamais vue aussi effrontée, força son accent lombard et interpella une des deux femmes qui lui faisaient face. La jeune femme, qui me sembla bien délurée et tu verras que je ne me trompais pas, se présenta : elle se prénommait Louisa, était depuis peu à Mantoue et venait de la campagne.

Nous nous présentâmes à notre tour. La conversation s'engagea aussitôt et ne tarda pas à s'enflammer. D'abord, ni Louis ni moi n'y avons participé. J'avoue même avoir eu quelque peine à la suivre. Louis, voyant mon embarras, me traduisait ce que je ne comprenais pas, puis mon oreille se fit à ces sons plus rauques et moins délicats que ceux que nous avions l'habitude d'entendre. Je m'aventurai à prononcer quelques paroles, m'enhardis et, à mots couverts, mais fort compréhensibles, je ne me privai pas de médire de Louis. Imagine son étonnement. Il manqua de s'étouffer. Un gros garçon, fort en gueule, intervint.

“Je me présente : Andrea, de Vérone, pour vous servir. Louis a peut-être conquis Milan, mais pas moi !” et là-dessus, il s’envoie une énorme lampée de vin.

Louis n’y tint pas, malgré le coup de pied que je lui envoyai sous la table.

“Et qu’a fait notre prince pour mériter ta colère ?” dit-il.

Lui : Comment donc ? Voilà six mois que j’ai été renvoyé. Son père m’employait, mais lui, bernique !

Louis : Que faisais-tu pour mon (autre coup de pied) euh… pour le marquis Francesco ?

Lui : Je m’occupais des chevaux. Logé, nourri, mais avec tous les hommes que son fils a ramenés, nous autres, nous n’avons plus notre place ; elle est prise par les Milanais. Pour Marco (l’homme assis à côté de lui) c’est pareil. Que veux-tu qu’il fasse d’autre que s’enivrer ?

Marco : Eh l’ami ! Parle pour toi ; tu es soûl comme une barrique du matin au soir…

Louis : En voilà assez ! Quel était ton emploi ?

Marco : Jardinier. Je suis allé voir les jardins du château, l'autre jour, ce ne sont plus ceux de mon temps. Avec les Milanais, ils sont à l'abandon. Et les rues, n'en parlons pas. Elles empestent. Le soir, c'est un vrai coupe-gorge. Ils sont payés grassement, mais pour les rondes, bernique !

Andrea : Marco a raison. On peut le dire, on est toutes les nuits dehors. Il n'y a que les voleurs qui veillent, ça, on peut le dire, les soldats, ils dorment !

Nous en restâmes bouche bée et laissâmes la conversation suivre son cours, acquiesçant de temps à autre, sans plus parler de rien. Le vin échauffait les esprits. Cela devenait dangereux. Les femmes buvaient autant que les hommes. Louis essayait d'être gai, mais n'y parvenait pas. Il avait la mine sombre. Voyant son air malheureux, Louisa s'approcha de lui et se fit caressante. Je lui jetai un regard noir, mais rien n'y fit, celle-là était accoutumée à ne pas se soucier des rivales. Louis, je le voyais bien, s'amusait beaucoup de mon dépit.

“Vous voilà bien attrapée, me dit-il quand Louisa le laissa enfin respirer à son aise.

— Moins que vous, il me semble, lui répondis-je.

— Voilà qui est bien dit, fit Louis en riant, car Louisa lui avait rendu sa belle humeur.

— Il faut songer à rentrer”, dit Francesco.

La soirée tirait à sa fin. Teresa s’était endormie. Il fallut la secouer pour l’éveiller. Mais à peine nous voit-on sur le point de partir qu’on se rassemble autour de nous. On veut à toute force nous reconduire pour plus de sûreté. Il fallut se rasseoir, boire encore. J’étais si lasse que je n’y voyais plus. Nous eûmes toutes les peines du monde à persuader nos compagnons de nous laisser partir. La nuit finissait quand nous pûmes enfin nous lever et prendre congé. Nous dûmes supporter les embrassades et les promesses de nous revoir.

Nous rentrâmes par la porte du jardin. Louis ne me quitta pas. Quand nous nous éveillâmes, il faisait grand jour. Voilà, chère Maria, à quoi nous nous occupons. Je te dirai les

effets de ces travaux dans une prochaine lettre.
À toi.

Signé Barbara de Brandebourg. »

Que retira Louis de Gonzague de tout ceci ? Sans doute pas grand-chose du discours des deux ivrognes que Barbara rapporte avec une belle vivacité, mais une leçon politique, certainement. Barbara l'a compris, qui écrit : « Ce qui fit la plus forte impression sur Louis fut la liberté de parole de ces petites gens, comparé aux grimaces des seigneurs de la cour. Il y vit la nécessité de changer. Ce qu'il fit. »

En effet, Louis de Gonzague remédia à tout. Il fit paver la ville, construire les bâtiments du marché et les arcades du palais de la Raison ; un nouveau pont entre les portes Pusterla et Cerese ; édifier par Leon Battista Alberti, le plus grand architecte de son temps, l'église de Sant'Andrea et celle de San Sebastiano, si chère au cœur de Barbara, et enfin la célèbre tour dont l'horloge fut mise au point par le mathématicien Bartolomeo Manfredi. « Elle fait l'émerveillement de tous, écrit Vittorino da Feltre. On vient du monde entier pour l'admirer. »

En 1460, le monde, pour les Mantouans, a des limites étroites ; il se borne à quelques cours chrétiennes voisines ; l'Amérique n'existe pas encore. D'ailleurs, eût-il connu son existence qu'il y a fort à parier que Vittorino da Feltre n'eût pas parlé différemment.

Plus d'un siècle plus tard, Mantoue était renommée pour être, selon Montaigne, qui la visita en 1580, « une des villes les plus propres et les plus policées d'Italie ». Quand il la traverse, pressé de rejoindre Venise, Montaigne néglige de visiter le palais du Té, érigé sur les lieux d'une ancienne écurie par Frédéric de Gonzague, marquis de Mantoue et fils d'Isabelle d'Este, dont il nous reste un portrait de Titien.

Les Gonzague qui succédèrent à Louis suivirent son exemple de gouvernement. Ils avaient un goût exquis et parfois étrange. Les bizarreries ne les rebutaient pas. Ainsi Vasari put-il dire du palais du Té qu'il était une des choses les plus extraordinaires de ce temps, qui n'en manquait pas.

L'art de l'étonnement des Gonzague dure encore.

Suivant en cela l'avis de Barbara, Louis, dans la première année de son règne, ne fera pas la guerre à Charles de Gonzague : « Il ne veut pas devoir Mantoue au sang de son frère, écrit Barbara à Maria de Hohenzollern. Cela lui aurait été facile. Il a une armée prête à lui obéir, aguerrie par la reconquête de Milan. Son triomphe est assuré, mais Louis ne veut pas faire une guerre qu'il sait gagnée d'avance ; son pouvoir est encore fragile, il lui faut le préserver. »

Avec le retour de son frère, l'espoir de Charles de Gonzague de gouverner s'évanouit. Il se fâche avec Vittorino da Feltre, qui soutient Louis.

« Avec Louis, écrit Vittorino, je soutiens le droit, l'ordre et la justice. »

Charles de Gonzague se réconciliera avec son vieux maître peu de temps avant de mourir. Mais en 1444, il quitte la cour et se retire sur ses terres pour préparer sa revanche. Il ne désespère pas d'être le maître de Mantoue.

Que fait Louis puisqu'il ne fait pas la guerre ? Louis rachète tout au prix fort : les terres, les seigneuries, les châteaux de Charles. Il paie des fortunes ce qu'il aurait pu avoir pour rien. Charles cède. Il se retire dans un château, assez loin de Mantoue, pour ne menacer Louis d'aucune façon.

Charles est gagné par la mélancolie. Toute idée de conquête l'abandonne. Il donne des fêtes somptueuses, invite les plus grands artistes de son temps, des musiciens. De tout cela, il ne restera pas trace.

Charles se consume de chagrin dans son palais.

« On le voit se promener dans l'aube glacée, dit Vittorino, telle une grande ombre solitaire. »

Charles de Gonzague a perdu sa belle prestance, est devenu énorme, n'a plus de dents. À trente-quatre ans à peine, on dirait un vieillard. La femme de Charles écrit à Louis pour l'avertir du péril que court son frère. « Laissez mon frère, répond Louis, aller à la rencontre de son destin. »

Il accorde néanmoins à Vittorino da Feltre la permission d'aller lui rendre visite. Barbara l'accompagne. De son beau-frère, qu'elle a connu « le plus aimable enfant du monde », elle dit qu'il est devenu d'une laideur repoussante : « Je n'ai à me plaindre de rien, écrit-elle à Louis. Charles fait tout pour me rendre le séjour agréable, mais la seule vue de sa personne me l'empoisonne. J'ai hâte de rentrer. »

Quant à Vittorino, il est bouleversé : « Quelle joie je m'étais faite de le revoir, écrit-il. Il ne reste rien du Charles de Gonzague que j'ai connu il y a dix ans à peine. »

Charles meurt en 1456, à trente-neuf ans. Louis ne l'aura jamais revu. Il fait rendre à son frère tous les honneurs ; décrète trois jours de deuil, le fait inhumer dans la chapelle des Gonzague. L'histoire de Charles est close.

Barbara, qui se rappelle peut-être les chagrins qu'elle a endurés elle-même dans l'enfance, et craint pour son neveu et sa nièce l'exemple de dépravation que leur a donné leur père, demande à Louis de recueillir les enfants de Charles. Ils recevront la meilleure éducation.

« La ressemblance de Gentilia avec son père, écrit Barbara, m'a fait craindre que Louis la haïsse, mais Gentilia l'a ensorcelé. À peine l'aperçoit-il que Louis oublie le reste du monde. Avec Gentilia, c'est un peu de la présence de Charles qui nous est rendue à la cour. Son fils Évangeliste est aussi très aimé de nous et nous rend l'affection que nous lui portons. Charles, pour ses enfants, semble n'avoir jamais existé. Il est vrai qu'il les laissait à l'abandon, en friche, comme a dit notre excellent Vittorino, leur faisant seulement entendre et jouer de la musique, déclamer de la poésie dont ils ont gardé le goût et un goût que peu à la cour ont aussi sûr que le leur. »

Louis a de l'affection pour Évangéliste mais préfère Gentilia de qui il est tendrement aimé. Barbara souffrira de la passion que Louis a pour cette enfant.

On croit la reconnaître sur la fresque de la Chambre des Époux, la tête penchée avec grâce. Dans tout le mouvement du corps saisi par Mantegna, il y a cette souplesse interdite à la plupart des enfants de Barbara par la maladie, mais il y a aussi un regard triste et une mélancolie qui rendent la beauté de Gentilia fragile et précieuse.

Louis l'aima assez pour ne pas la marier au loin. Il voulait que Gentilia soit de toutes les fêtes. Ce fut la seule femme avec qui il s'entretint de poésie et de musique en tête à tête et à qui, en public, il demandait parfois son avis, non pas sur les choses politiques et militaires, mais sur les arts. Vittorino da Feltre n'écrit-il pas : « Gentilia a hérité du goût parfait de son père » ?

Barbara eut toujours pour principes le calme et la mesure. Elle ne se plaignit pas. Dans sa correspondance on trouve cependant cette remarque : « Louis rechigne à marier Gentilia. Aucun parti n'est assez beau pour elle. Je le presse de le faire de peur qu'elle n'en trouve plus aucun. Aujourd'hui, nous nous sommes accordés là-dessus. Il y a mis cependant une condition : Gentilia épousera un gentilhomme lombard. Il ne souffre pas l'idée d'être séparé d'elle. J'ai acquiescé à tout. Il me semble inutile de chercher à éteindre une passion qui s'étouffera d'elle-même si on ne l'attise par des obstacles. »

Admirable lucidité de Barbara ! Elle sait que les liens qui l'unissent à Louis sont d'un autre ordre : ce sont ses enfants et le gouvernement de Mantoue.

2

« On ne peut imaginer, écrit Vittorino da Feltre, la joie de Louis à l'annonce de la naissance de son premier fils, Frédéric. Le deuil de Francesco de Gonzague était enfin rompu. Mantoue respirait. La ville était toute pavoisée. On tira des coups de canon, on fut trois jours à boire, manger, danser, tandis que toute la cour défilait devant le lit de la jeune accouchée. »

Vittorino da Feltre ne dit pas un mot sur l'absence de Charles, qui n'a pas été convié aux réjouissances non plus qu'Alexandre, un autre des frères de Louis, souffrant de mélancolie, qui est enfermé dans un château éloigné de Mantoue. La mort de son père, Francesco, survenue un an plus tôt, a définitivement ébranlé sa raison.

Vittorino fait aussi silence sur Paola Malatesta. Depuis la mort de son mari, elle vit encore à la cour, mais se montre peu.

On sait par les lettres de Barbara à Maria de Hohenzollern que Paola Malatesta ne vint rendre visite à Barbara que le lendemain de son accouchement.

Paola Malatesta, le jour de la naissance de Frédéric, est tellement souffrante qu'elle fait envoyer un billet à Barbara, accompagné d'un magnifique présent dont elle dit qu'elle ne veut pas le laisser plus longtemps sans usage.

C'est un luxueux trousseau, brodé d'or et d'argent, présenté dans deux *cassoni*[1] peints, ornés de scènes bibliques : le sacrifice d'Abraham et le jugement de Salomon.

La beauté du trousseau fait l'admiration de toute la cour. Cependant, Barbara avoue ne pouvoir soutenir la vue de ces deux coffres : « Ces images me sont familières, mais je ne puis supporter leur vue ni ne puis les faire

1. Coffres.

retirer de la chambre sans offenser gravement ma belle-mère et mon époux. Je les ai fait remiser près de mon lit de manière que mon regard ne puisse s'y poser à l'improviste. Il me semble voir, dans ces atrocités suspendues, l'avenir de mon fils. Sans doute est-ce la nouveauté de mon état qui m'inspire des idées aussi affreuses ? »

Barbara se rappellera-t-elle les terribles sentiments qui gâtèrent sa joie de jeune accouchée quand elle fera faire à Mantegna des somptueux *cassoni* pour le mariage de sa fille cadette, Paola ? J'en doute, ou alors elle n'en fut que plus cruelle.

Mais la scène la plus pénible que Barbara eut à supporter fut celle de la visite de sa belle-mère. « Quand je vis Paola Malatesta, dit-elle, je sentis mon sang se glacer dans mes veines. »

C'est au bras de Louis qu'elle apparaît.

« En grand deuil, courbée en deux, les mains agrippées au bras de son fils, marchant avec une lenteur extraordinaire ; la bosse lui couvre la moitié du dos, la tête est inclinée vers le sol, elle tend le cou pour tenter de la relever et montre alors un visage marqué par la souffrance continuelle et le chagrin.

On présente le nouveau-né à Paola Malatesta, mais elle ne peut le prendre car elle se meut avec peine, manque de forces et a les doigts tout tordus. Paola Malatesta, écrit Barbara, sentit toute l'horreur que sa vue faisait naître. Elle prit congé aussi vite qu'elle le put. »

Depuis la mort de Francesco, l'état de Paola s'est considérablement aggravé. Elle peut à peine se tenir debout. Le jour de sa visite, Barbara découvre l'étendue des ravages de la maladie : « Paola, dit-elle, m'a toujours reçue couchée, la tête soutenue par des coussins, vêtue de blanc, noyée dans les dentelles qui dissimulaient tout, elle ne me paraissait pas plus laide que ne l'eût été une femme de son âge. Dans la chambre, elle me fit l'effet d'un animal affreux et pour tout dire d'un monstre. »

Paola refusera désormais de se montrer en public. Elle renonce au monde. « Chaque jour, écrit Barbara, Louis se rend dans ses appartements, s'enquérant de sa santé, de la progression de son mal, la plaignant beaucoup. »

Encore qu'elle fût reconnaissante à Paola Malatesta de l'avoir toujours soutenue dans le passé, sa vue, le lendemain de la naissance de son fils, causa à Barbara les pires tourments. Pendant des mois, Barbara se dit ensuite incapable de montrer de l'entrain à ces jeux qui avaient enchanté sa jeunesse ; elle écrit à sa cousine : « J'ai perdu mon allégresse et le goût de raconter des histoires. »

Entre 1441 et 1460, Barbara de Brandebourg a neuf enfants. Après Frédéric, naissent François, Louis Jean-François, Cécile, Suzanne, Dorothéa, Rodolphe, Barberina et Paola.

Ces vingt années seront celles de l'apogée du règne de Louis et de Barbara, mais certaines figureront aussi parmi les plus cruelles de leur existence.

Barbara est obsédée par l'idée que ses enfants soient bossus. Les nombreuses lettres à Maria de Hohenzollern, à ses parents, à des amis témoignent qu'il ne se passe pas un jour sans que Barbara ait épié ses enfants, connu, deviné ou redouté l'apparition de la maladie de Paola Malatesta.

« Quand les nourrices ou les chambrières les habillent, je me cache derrière les tentures :

elles ont ordre de me les présenter de profil et je regarde leur dos. Encore que Cécile soit si menue et ses membres si frêles que c'est inutile. Dorothéa est joufflue et grasse. Rodolphe est sanguin et coléreux. Je ne crois pas qu'il devienne bossu, mais son caractère ombrageux m'inquiète plus qu'on ne peut le dire. Seul Francesco est pour le moment un enfant selon mon cœur. Il ne jouit pas d'une bonne santé mais son caractère est doux et il a un tempérament ferme. Frédéric a pris la mélancolie d'Alexandre. »

Gentilia de Gonzague est élevée avec les filles de Louis et de Barbara. Vittorino da Feltre, vieillissant, est désigné comme précepteur, celui des garçons étant Filelfo. « Hormis Dorothéa et Suzanne, écrit Vittorino, les filles de Louis de Gonzague sont toutes bossues. La plus atteinte est la cadette, Paola, prénommée ainsi en mémoire de sa grand-mère, elle semble non seulement en avoir hérité la bosse mais l'acuité d'esprit.

Louis n'a d'yeux que pour Gentilia, la fille de feu son frère Charles. Elle est la grâce même et éclipse par sa beauté et son esprit toutes les filles de Louis. Elles n'en sont pas jalouses, ce qui ne laisse pas de m'étonner. Elles sont toujours d'une gentillesse exquise avec leur cousine. Dans cette famille, il n'est rien qui ne puisse arriver que l'on considère comme commun ici et qui serait ailleurs extraordinaire.

Quant à Barbara, j'ai toujours prisé son esprit et la hardiesse de son caractère, mais avec l'âge, je goûte encore davantage la simplicité qu'elle exprime devant le sort terrible de certains de ses enfants. J'y vois une forme de compassion élevée et unique. »

La sagesse de Barbara lui commande sans doute de cacher des sentiments qui lui répugnent par leur bassesse et dont elle risque de regretter les effets. La marquise est assez subtile pour les mesurer et assez lucide pour ne pas se donner l'illusion qu'elle n'a pas à les redouter.

En 1448, Louis de Gonzague décide d'installer la cour au château San Giorgio. Louis est alors un prince très populaire et on ne sait de quel péril il se sent menacé pour quitter la résidence princière érigée par son père et décorée par Pisanello pour San Giorgio, qui est une forteresse obscure, contiguë à son palais.

Il fait dès lors appel à Mantegna pour la décoration de sa nouvelle résidence. Dans l'Italie du XVe siècle, il était d'usage que les princes possédassent une salle peinte d'apparat, la *camera*, une grande salle de réception, la *sala*, et une chapelle où la messe était célébrée chaque jour.

Dans la pièce d'apparat, toute la richesse était exposée sur les murs où de somptueuses tentures, des tapisseries aux couleurs éclatantes, suspendues à des tringles, couraient au-dessus des parois et des portes. Elles ne manquent pas dans la Chambre des Époux, mais elles sont peintes : la Chambre des Époux est celle des illusions.

*

En 1457, jamais la position de Louis de Gonzague n'a été si forte. Il est reconnu comme l'un des tout premiers *condottiere* d'Italie. Il n'a plus d'opposition. Charles vient de mourir et, d'ailleurs, il ne représentait plus de danger que pour lui-même. Personne, en Lombardie, n'aurait osé attaquer l'allié du puissant Francesco Sforza, duc de Milan.

C'est pourtant cette année-là que choisit Frédéric, le fils aîné de la maison des Gonzague, pour quitter la cour, non pour faire la guerre, comme son père l'avait fait avant lui, ce qui eût été glorieux, mais pour suivre une fille du peuple dont il est tombé subitement amoureux.

Est-ce l'ombre du deuil de Francesco, l'absence de Charles et d'Alexandre, la venue tardive de sa grand-mère, Paola Malatesta, le lendemain de sa naissance, ce que Barbara considéra toujours comme un signe de mauvais augure, Frédéric de Gonzague fut un enfant triste et le resta.

« Ton Frédéric est mélancolique de nature, et Aristote nous enseigne que les mélancoliques sont ingénieux », écrit Filelfo, le grand humaniste, à Louis de Gonzague. Il l'exhorte à pourvoir à l'éducation littéraire de son fils.

Frédéric, s'il aime les arts — comment n'y aurait-il pas été sensible dans une telle famille ? —, est attiré par la guerre et le négoce ; par-dessus tout, il aime l'architecture. Cependant, il ne fait rien de sa vie. Gian Pietro Galloni, un vieux courtisan, dira de lui : « Il est bossu, galant et courtois. » C'est un peu court.

On ne sait rien de la femme qu'il a aimée, mais Frédéric, par amour, ira jusqu'à Naples où son amoureuse l'abandonne.

Au bout de quelque temps, il tombe dans la plus grande misère. Barbara envoie des émissaires qui le trouvent dans un des quartiers les plus pauvres de Naples, « sale, pouilleux et malade ».

Épouvantée, Barbara implore la pitié de Louis. Louis pardonne et accepte que sa femme se rende à Naples.

Elle écrit à Louis : « Frédéric est quasiment rétabli, mais très amaigri. Il a le regard offusqué et un air si égaré que j'ai craint un moment qu'il ait perdu la raison. Il n'eût pas été le premier dans ta famille ni dans la mienne à qui ce malheur serait arrivé. »

Barbara de Brandebourg demeure peu de temps à Naples qu'elle dit ne pas aimer. La vue de la mer lui est pénible. En ce mois de juin 1457, la chaleur l'incommode. Rien de ce qui fait la beauté du pays ne l'émeut. Elle ne songe qu'à rentrer, ce qu'elle fait au plus vite. Elle est grosse de Barberina.

À peine revenu à Mantoue, Frédéric sera marié à Marguerite de Wittelsbach et ne fera plus parler de lui.

« Frédéric, dit sa mère alors qu'il règne sur Mantoue, n'est régulier en rien. Il se lasse de toute chose aussi vite qu'il lui en prend l'engouement. »

Son règne, fort court au demeurant — commencé en 1475, il s'achève en 1484 —, fut l'un des plus ternes de celui des Gonzague, qui dura trois cents ans.

Mais revenons aux premières années du règne de Louis de Gonzague.

Depuis 1450, Louis de Gonzague avait renforcé ses liens avec Francesco Maria Sforza, qui fit de Milan une des seigneuries les plus prospères d'Italie. Quand on songea à marier Suzanne au premier-né des Sforza, en 1463, cette alliance parut légitime et habile. Cependant, Suzanne, qui n'avait montré jusqu'alors aucun signe de la maladie, devint bossue. Louis de Gonzague rompit les fiançailles et, aux termes d'un nouvel accord, Suzanne fut remplacée par Dorothéa : « belle et droite », comme il l'écrivit lui-même au duc de Milan.

« La seule qui peut soutenir la comparaison avec Gentilia est Dorothéa. Si Dieu l'épargne, elle les surpassera tous », avait écrit Barbara à sa cousine.

Dieu ne l'épargnera pas.

Tout paraît pourtant sous les meilleurs auspices : les deux jeunes gens se plaisent. Galeazo Sforza est amoureux de Dorothéa depuis l'enfance. Dès que les fiançailles sont proclamées, il ne se passe pas une semaine sans qu'il ne lui fasse parvenir de somptueux présents ni un mois sans qu'il vienne lui rendre visite. La cour de Mantoue est une fête perpétuelle.

Cela dure un an. Soudain, cette cour assidue cesse ; les visites se font plus rares, les présents, moins nombreux. « L'amoureux de Dorothéa est négligent », note Barbara, qui s'en inquiète.

Un émissaire de Francesco Sforza éclaire le sens de cette « négligence » : le duc de Milan craint que Dorothéa ne tombe malade comme sa sœur Suzanne, alors que rien ne le laissait présager. Il demande des avis médicaux. Il se charge d'envoyer les médecins de Milan.

Louis et Barbara de Gonzague comprennent cette inquiétude et se plient à toutes les exigences des Sforza, mais plusieurs lettres de Barbara témoignent du désarroi qui fut le sien durant toute cette période.

« Quand je vis, écrit-elle, ces trois hommes vêtus de longues robes noires s'emparer de ma fille, je crus défaillir. Ils restèrent, avec Don Pietro [le prêtre], deux longues heures enfermés, repartirent comme ils étaient venus, nous laissant dans l'ignorance. »

« Si le calme et la force de Louis eussent été moindres, je ne sais ce qu'il adviendrait de moi. Il me semble avoir le corps séparé de l'esprit. Je m'entends parler comme si c'eût été une autre qui parle par ma bouche. Je ne sais dire que choses communes de peur de m'égarer dans le labyrinthe de mes pensées, je ris avec les autres sans en connaître la raison, je mange, je dors, je me vêts, tout cela dans la plus grande indifférence de mon esprit toujours occupé de ma pauvre enfant, livrée aux mains de ces trois diables noirs. »

Dorothéa supporte toutes ces épreuves — les médecins reviendront trois fois à Mantoue — mais, dit Barbara, « ce qui la détruit est le silence de Galleazo. Je ne peux m'empêcher de penser, encore que je sois obligée de le taire, que le fiancé se déliera de son serment même au prix d'une trahison. Dorothéa n'est plus que l'ombre d'elle-même. Louis dit qu'il a fait sa ruine. L'autre jour, il m'a confié en pleurant : “Dieu me punit de mon orgueil. — Est-ce Dieu ou Francesco Sforza ?” lui ai-je répondu ».

« L'annonce du mariage de Galleazo Sforza avec la belle-sœur du roi de France a été faite. »

Enfin, une seule ligne presque illisible tant l'écriture est tremblée : « Dorothéa se meurt. »

*

Pendant plusieurs mois, la correspondance de Barbara de Brandebourg et de Maria de Hohenzollern s'interrompt.

La nomination de Francesco au cardinalat arrive à point nommé pour redonner l'espoir à une famille anéantie. Francesco Sforza usa de tout son pouvoir pour faire accorder cette nomination. Il ne pouvait se passer de l'alliance de Louis de Gonzague et, peut-être, avait-il quelque regret que les choses eussent fini de cette façon. Louis ne lui a-t-il pas écrit que Dorothéa est morte de la peine (*castigo*) et des chagrins endurés (*dolori sopportati*) ?

« C'est un ange, répondit Francesco Sforza, qui a rejoint le paradis. »

Presque un an après la mort de Dorothéa, il advint une chose à laquelle personne, à la cour de Mantoue, ne croyait plus. Les Gonzague sortent de la torpeur douloureuse où les a plongés la mort de leur fille.

C'est Barbara, nous le savons par ses écrits, qui demande à Mantegna de représenter le moment de l'annonce de la nomination de son second fils François au rang de cardinal.

Si la peinture à fresque de Mantegna est une consolation au malheur qui vient de s'abattre sur la famille Gonzague tout entière, la composition de la Camera depicta sera une distraction nécessaire à l'obsession que fut pendant longtemps la perte de Dorothéa.

Cela occupa la cour et tous les esprits pendant des mois, si bien que l'oubli vint peu à peu recouvrir jusqu'au nom de Dorothéa. On n'osa plus le prononcer devant Barbara et Louis de peur d'éveiller une douleur qui, au vrai, avait fini par s'éteindre.

Le souvenir de sa sœur Suzanne, qui s'était faite religieuse et était morte elle aussi dans la fleur de l'âge, fut conservé pieusement. Son nom revenait souvent dans la conversation.

De Dorothéa, on ne parla plus. Le nom de celle qui fut aimée avec passion ne fut plus cité que le jour de la messe des morts.

3

En 1464, la chapelle de San Giorgio est terminée, Mantegna peut s'attaquer à la composition de la Camera depicta, dont j'ai dit que Barbara va grandement s'occuper. Les scènes, comme on pourrait le croire, n'ont pas été saisies sur le vif, mais composées, voire corrigées sur l'ordre de Louis ou de Barbara.

Ce qui peut heurter notre conception de l'art — l'intervention du commanditaire dans l'exécution et même la conception d'une œuvre — est chose commune au XVe siècle. Le peintre lui-même demande et attend des indications. Mantegna a un souci constant de satisfaire les Gonzague. Il se plaint seulement de n'être jamais payé dans les temps. Louis rétorque que sa lenteur est une réponse à la sienne : « Pourquoi me blâmer de ce que vous m'infligez depuis toujours : cette attente qui parfois me ronge les sangs, comme la rouille dévore le fer ? » écrit-il à Mantegna, qui lui réclame son dû.

« La lenteur de l'artiste est exigence de son art et celle de Louis seulement mépris (*disprezzo*) de son art », répond Mantegna.

Ce ne sont là que jeux de rhétorique. Mantegna restera attaché près de cinquante ans à la maison des Gonzague. Il aimait tant Mantoue, nous dit Vasari, qu'il s'y fit construire une merveilleuse maison, qui pouvait rivaliser en beauté avec celle des grands seigneurs.

Si Louis de Gonzague n'avait fait montre d'une conscience très haute de son rôle et de son rang, jamais Mantegna n'aurait pu réaliser la Camera depicta du palais San Giorgio.

Cette « lenteur » prit souvent la forme d'une interruption de plusieurs mois. Mantegna mit plus de dix ans à finir la Camera depicta. Mais, de Barbara de Brandebourg, Louis de Gonzague avait appris la patience.

Quand Mantegna découvre ce qui est destiné à être la chambre d'apparat, il est atterré par les dimensions de la pièce, les ouvertures mal placées, le peu de lumière qui y pénètre.

« J'ai laissé entendre à Sa Seigneurie, Barbara de Gonzague, que la chambre d'apparat est mal placée.

"Hé bien, m'a-t-elle rétorqué, faites-nous-le oublier !"

Cette désinvolture, propre aux gens ignorants de notre art, écrit Mantegna à Jacopo Bellini, son beau-père, me met en fureur. Comment veux-tu mettre des tentures sur des murs tordus ? »

« Peins-les ! » lui répond Jacopo.

Mantegna n'est pas convaincu. Il reste plusieurs semaines sans rien faire. Il ne sait par où commencer. Il s'enferme plusieurs heures par jour dans la chambre ; il y porte des cartons à dessin, des plumes de toutes sortes, qu'il taille lui-même, fait boucher les fenêtres et éclairer la pièce *a giorno* par des dizaines de bougies pour noter toutes les imperfections du mur qu'il relève avec minutie.

Quand Louis lui demande les résultats de ses travaux, il lui présente un plan de la pièce avec les emplacements des fresques. Ils sont vides. Des blancs figurent la peinture. Louis ne peut cacher son dépit : « Plusieurs mois pour arriver à cela ? Tu n'as donc aucune idée de ce que tu vas faire ? lui demande-t-il. — Non de ce que je vais faire, répond Mantegna, mais comment je vais le placer. »

Mantegna connaît le sujet des fresques — il lui a été imposé. Sur un mur, il peindra l'annonce, à la cour de Mantoue, de la nomination de Francesco, le fils de Louis et de Barbara de Gonzague, au rang de cardinal ; sur l'autre mur, son arrivée et la rencontre avec son père et ses frères, venus l'accueillir aux portes de la ville.

Mantegna écrit à Jacopo : « Comment, non pas expliquer à Sa Seigneurie, il est à même de le comprendre, mais lui faire admettre que la préparation du mur vaut plus que la peinture elle-même et qu'il ne sert à rien de peindre sur un mur qui ne *tient* pas la couleur ? »

Barbara l'évite. « Je connais le grand talent de Mantegna, écrit-elle à Maria de Hohenzollern, mais de le voir gaspiller son temps de la sorte m'irrite au plus haut point. Note que cette colère m'occupe beaucoup et me distrait de mes peines. Il n'y a pas seulement un an, je ne me serais nullement préoccupée de connaître les avancées de ses travaux. J'ai hâte qu'il commence car le talent de l'artiste a toujours aidé un cardinal à s'élever au rang de pape. Tous mes vœux seraient alors comblés, mes chagrins, sans être effacés, seraient atténués par cette joie immense et je crois que l'on peut désormais attendre raisonnablement. »

Si la représentation de cette scène — l'annonce de la nomination de Francesco au rang de cardinal — est essentielle pour les Gonzague, elle ne l'est pas pour Mantegna. « Il faut, dit-il, donner corps à cette pièce qui n'en a pas. »

La préparation du mur demande plusieurs mois. Mantegna exige « l'eau du ruisseau le plus pur » pour nettoyer le mur avant la pose du *trusilar* — la couche de plâtre la moins riche en chaux. Il veille à ce que les ouvriers suivent les indications qu'il donne chaque jour avec la plus grande précision. Il sait que la moindre erreur ruinerait la fresque : elle ne tiendrait pas plus de trois ans sur un mur mal préparé.

Barbara, croyant hâter le travail de Mantegna, fait venir d'Allemagne de somptueuses tapisseries, représentant des scènes de chasse et de banquet. Elle a refusé les scènes de batailles qui auraient pu nuire à l'avenir de Francesco, en rappelant que Louis fut surnommé le Turc dans sa jeunesse.

Mantegna va trouver Louis. Barbara est présente à l'entretien : « Après les politesses d'usage, pas un seul regard. Un visage fermé, les lèvres serrées. Peu de mots, mais une détermination rare : "Je ne veux pas de ces tentures ! dit Mantegna. Elles rendraient ma peinture inutile. — Ce sont là des tapisseries de grande valeur, dit Louis, et qui plaisent à ma femme."

En un instant, je compris que Mantegna ne ferait rien ; il était près d'abandonner tout projet ; il était découragé. Sa colère cachait un sentiment de tristesse et d'abattement indicible.

"Laissez faire sire Andrea", dis-je à Louis.

Louis acquiesça. Mantegna recula d'un pas, fit une révérence et s'en fut.

Louis me demanda les raisons de mon revirement. Je les lui expliquai. Nous ne revînmes plus là-dessus.

Depuis ce jour, entre Mantegna et moi, tout est changé. Il ne me juge plus comme étant “ignorante de son art”. Il l’a dit ; je le sais : on me l’a rapporté. »

Il y a fort à parier que Mantegna n’avait pas seulement confié à Jacopo Bellini que Barbara de Brandebourg était « ignorante de son art » et peut-être même en des termes plus vifs que ceux que l’on aura rapportés à Barbara. Elle n’en tient pas compte. Elle a toujours eu l’esprit de se moquer d’elle-même avant que d’autres ne le fassent. Elle pardonne à Mantegna et se garde de prendre prétexte de son insolence pour le faire renvoyer.

« Hier, écrit-elle, je lui ai demandé s’il était satisfait de mes progrès dans la connaissance de son art. Mantegna a souri. Ce sourire a scellé notre réconciliation. »

Le peintre convie souvent Barbara pour voir les plans qu’il dresse des différentes parties de la chambre d’apparat. Mantegna veut « bâtir une architecture qui soutiendra la couleur ». Pour ce faire, il mêle toutes les sciences, mosaïque, marbre, peinture à fresque, utilise les lois de la perspective nouvellement découvertes, imagine enfin un oculus[1] comme « un puits de lumière qui tomberait d'un ciel païen ».

Il ne sera pas égalé.

*

Les tentures peintes seront l'axe de sa composition.

Mantegna fait venir de Florence des dentellières pour broder des motifs de brocart. Il les observe pendant des heures, hésite entre plusieurs d'entre eux et finit par se décider pour les motifs les plus compliqués. Il les copie, choisit un rouge et un bleu dont nous n'avons plus idée aujourd'hui de la vivacité : peints *a secco*, l'éclat en est perdu.

Mantegna peint donc les tentures, mais tirées. Les rideaux tombent jusqu'au sol entre quatre pilastres factices, deux autres sont placés au centre et deux autres dans les angles.

1. Lucarne du plafond de la Chambre des Époux.

Les tentures, au lieu de cacher les murs, découvrent les scènes. Leur présence suggère le rideau qui se lève sur le théâtre qu'est la cour des Gonzague à Mantoue, autour des années 1460. L'un des rideaux s'ouvre sur une loggia où sont rassemblés Barbara et sa famille. Les tapis qui couvrent le sol semblent glisser dans la chambre même, suivant en cela la courbure du mur.

On ne peut visiter la Camera que la nuit. « La lumière lui serait fatale », dit Mantegna. Ce qui est faux. Mais le maître ne déteste pas imposer des contraintes inutiles. Elles relèvent parfois de la superstition, liée à la pratique de son art. Mantegna n'avoue-t-il pas à Jacopo Bellini qu'il craint de n'avoir pas le cœur d'achever son ouvrage « sentant, dit-il, que *quelque chose* lui porte malheur » ? Il se trompe. Mais beaucoup d'artistes voient un mauvais signe dans la facilité et la réussite de leur travail. C'est une peur inexplicable pour qui n'invente rien. Mantegna n'a pas échappé au doute et à l'angoisse, aussi bien avant d'attaquer la Camera depicta qu'au cours de sa réalisation.

Souvent, il interrompt son travail, se plaignant « de n'avoir plus aucune force ni désir de continuer ». Cependant, dans une lettre à Jacopo Bellini, il reconnaît avoir puisé du réconfort dans les louanges de Barbara de Brandebourg.

« Elle me console, écrit-il, des difficultés inouïes que je rencontre dans la Camera et aussi de l'aisance incroyable que j'ai parfois, et qui est — tu n'es pas sans le savoir — aussi bouleversante (*sconvolgente*) que l'échec. Pour moi, j'y vois une preuve de négligence et de médiocrité. Il faut tout l'art de persuasion de la marquise pour me convaincre du contraire. Elle y réussit fort bien et me donne du courage. »

*

La première fois qu'elle découvre la Camera, Barbara est enthousiaste ; elle ne tarit pas d'éloges.

Elle écrit à Maria de Hohenzollern : « Imagine une pièce presque noire, à peine éclairée par des bougies disposées aux quatre coins de la pièce qui s'illumine d'or, de marbre rose et vert, d'anges. Tout le mur est habillé somptueusement. L'ensemble sur le papier produisait déjà un effet magnifique, mais il passe dans la réalité tout ce que l'on peut en dire. »

Mantegna a dessiné le motif géométrique de la plinthe qui court tout le long du mur : de simples médaillons ovales dont le centre et les décoinçons sont incrustés de marbre rose et vert. Les pilastres, qui surmontent la plinthe, sont décorés de feuilles d'acanthe dorées. Des encorbellements placés en haut des pilastres peints sur les murs et dans les angles partent de grandes nervures qui divisent le plafond, près de l'oculus, en huit caissons losangés et dessinent des lunettes semi-circulaires le long de la partie supérieure des murs. Chaque lunette s'orne d'un emblème peint sur un bouclier suspendu à une guirlande : emblème familial, comme le chien blanc muni d'un collier, d'une laisse et d'une muselière, adopté vers 1432 par le père de Louis, le marquis Jean-François ; emblème choisi par Louis lui-même, tel le soleil rayonnant qu'il adopta en 1441, après la bataille de Caravaggio. Les armoiries des Gonzague sont représentées au-dessus de la porte percée dans la paroi sud. Dans les médaillons, entourés d'une couronne de laurier, placés dans les caissons losangés, se trouvent les bustes des huit premiers empereurs romains, soutenus par des *putti*, qui se détachent sur une imitation de mosaïques d'or. Sur la base de la voûte dans les triangles, sont représentées des scènes qui illustrent la vie d'Hercule, six autres celle d'Orphée, six autres celle d'Orion [1].

« Louis éprouve un attachement particulier pour Hercule ; dans son enfance, il a été affectueusement surnommé Hercule par Vittorino », écrit Barbara.

Dans les deux scènes représentées dans la Camera : l'annonce de la nomination de Fran-

1. Ronald Lightbown, revue *FMR*, n° 36.

cesco, celle qui lui fait face : l'accueil de Francesco avec son père et ses frères à l'entrée de la ville, Mantegna oubliera de rajeunir les personnages. La réalisation de la Camera a, en effet, pris près de dix ans, elle n'est achevée qu'en 1474.

Personne ne se plaint de cet oubli. Barbara note simplement : « Louis a un regard empreint d'une lassitude qui m'épouvante. » Elle tait que Mantegna, malgré le souci de réalisme qui le caractérise, n'a pas peint la bosse des enfants Gonzague. Seul l'épais manteau qui couvre les frêles épaules de Paola, la fille cadette de Barbara, dissimule mal la voussure de son dos. Paola tend une pomme à Barbara dans une attitude d'entière soumission. Sa mère regarde ailleurs. Barbara ignorera toujours l'attente anxieuse de Paola.

Mais Barbara ne relève pas ce détail, pas plus que l'indulgence de Mantegna pour ses autres enfants. Elle lui sait gré cependant d'avoir rendu la majesté de Francesco, le cardinal.

« Ces peintures, dit-elle, le serviront mieux que des ambassadeurs zélés. »

Mais Francesco ne sera jamais pape.

Il en restera dans la famille Gonzague une amertume et une sorte de défiance vis-à-vis de Rome.

Près de cinquante ans plus tard, on voulut organiser le concile à Mantoue. Frédéric, marquis de Mantoue, trouva de nombreuses excuses, allégua des retards, des difficultés d'organisation jusqu'à ce que Rome décide de faire le concile à Trente.

Des générations de Gonzague qui se succédèrent, aucun n'eut l'ambition de devenir pape. La contemplation de la Camera depicta devait les décourager de s'engager dans une si haute entreprise ; ils se contentaient de ce qui suffisait à leur propre plaisir : au vrai, ils s'aimaient beaucoup.

Après avoir vu l'oculus, Barbara de Brandebourg n'hésitait pas à dire que Mantegna était le plus prodigieux peintre du temps, supérieur à Botticelli et aux Vénitiens.

« Je t'ai déjà dit, écrit-elle à Maria de Hohenzollern, mon admiration pour les scènes de cour, mais rien ne surpasse la beauté de cette peinture. Mon seul regret est que ce cher Vittorino n'ait pas vécu assez longtemps pour la voir achevée. »

Vittorino da Feltre est mort deux ans plus tôt. Il était presque aveugle, n'écrivait plus, mais Barbara tint à le garder auprès d'elle jusqu'à la fin. Elle lui parlait souvent de la Camera depicta de Mantegna pour qui Vittorino avait la plus grande admiration.

« Je la vois par vos yeux », disait-il à Barbara, qui l'a rapporté à Maria de Hohenzollern.

« Son vœu le plus cher eût été avant de mourir de savoir achevée cette Camera.

Je conduisais souvent Vittorino jusqu'à Mantegna. L'odeur des pigments, des huiles, le bruit des feuilles froissées, des cartons dont on traçait les contours du dessin sur le mur ; tout cela l'enchantait. Il disait que la vue le privait de jouir du résultat de la peinture mais qu'il assistait avec bonheur à son exécution, comme sans doute personne avant lui ne l'avait fait. Il reconnaissait au bruit du pinceau la touche de Mantegna, longue ou courte, large ou serrée.

Mantegna lui dit un jour qu'il avait fait son portrait parmi les ornementations d'un pilastre.

“Je me suis dissimulé sous les feuillages. Il faut un œil expérimenté pour me deviner.

— Je ne saurais donc y prétendre, dit Vittorino.

— Bien au contraire, cher maître, fit gentiment Mantegna.

— Et quel air vous êtes-vous donné, sire Andrea ?

— Un air furieux, répondit Mantegna.

— Et pourquoi donc ? fit Vittorino.

— De peur d'avoir l'air content, sire Vittorino", répondit Mantegna.

Ce cher Vittorino rit de bon cœur à la réponse de Mantegna.

J'ai gardé cette image de Vittorino da Feltre riant et content de son sort, malgré la dureté de son état. Cela, écrit Barbara de Brandebourg, me console de la tristesse qui me prend parfois sans motif. Encore, ma chère cousine, que je n'aie, hélas, pas à chercher longtemps pour en trouver la cause. »

Mantegna ne voulait pas montrer le plafond de la Camera avant qu'il ne soit totalement achevé. Il fit monter un échafaudage qui le cacha à la vue de tous.

« Quand il le découvrit, après plus d'un an de travaux, écrit Barbara, nous fûmes tous saisis d'admiration et d'étonnement pour cette merveille joyeuse que Mantegna avait faite. Dans la lucarne, sous un ciel dont un gros nuage mousse comme de la crème de lait, des jeunes femmes, entourées d'anges, d'une Maure et d'un paon, se penchent au-dessus d'une balustrade. Elles ont l'air d'être très curieuses de voir ce qui se passe en bas. J'ai mis un certain temps avant de distinguer la liberté de leur tenue tant j'étais saisie par la beauté du spectacle. L'une d'entre elles se coiffe, une seule a la tête couverte, la Maure, suivant la coutume de son pays, a la tête enturbannée d'un tissu de couleur. Encore qu'elle ne soit qu'une servante, elle donne une impression de grande familiarité avec ses maîtresses. J'oublie un panier de fruits merveilleux, qui tient par miracle en équilibre sur un bout de bois ; il côtoie le paon, dont le plumage rivalise en beauté avec les ailes des anges.

Ceux-ci se tiennent sur le rebord de la balustrade. Quand je les ai vus, je n'ai pu m'empêcher de pousser un cri d'effroi.

“Que Votre Seigneurie se rassure, a dit Mantegna, les anges ont des ailes.

— Mes yeux, je l'avoue, ont été abusés”, ai-je répondu.

Toute la cour a ri de ma méprise. Cette belle humeur ne nous a plus quittés.

On ne se lasse pas de regarder ces anges. L'un passe la tête à travers la balustrade, un autre tend la main, un autre encore se tient debout en équilibre et regarde vers l'intérieur du balcon, nous présentant ses petites fesses, roses et grasses à souhait. Tous respirent la fraîcheur de l'enfance, ont une grâce que n'eurent jamais mes enfants. Aussi dois-je m'obliger à les regarder comme des anges pour que leur vue me ravisse tout à fait.

Mantegna en a peint partout. Au-dessus de la porte, trois anges soutiennent sa dédicace, deux autres sont alanguis à leurs pieds. Leur grâce ne peut s'imaginer ni se décrire. Comment rendre la tendresse de leur regard, la douceur de leurs traits, la bouche menue et rose que l'on aimerait baiser. Ce qui m'attendrit le plus est la joliesse des pieds. On a envie de les prendre dans ses mains et de les tenir comme des coquillages. Leurs ailes ont la beauté des couleurs des papillons les plus rares et nous rappellent la nature divine des anges, autrement l'on croirait voir jouer de merveilleux enfants, pris sur le vif, dans leur tranquille beauté. »

Barbara de Brandebourg puisera toujours dans la vue de cette « tranquille beauté » la force de ne pas céder au poids du malheur et du temps, car elle ne fut guère épargnée. La fin de sa vie fut une suite de chagrins continuels.

4

La mort de Louis de Gonzague fut le premier des grands malheurs qui frappa Barbara de Brandebourg.

Le deuxième fut la haine qu'elle voua à sa fille Paola.

Le troisième, le meurtre d'Antonia Malatesta.

Le dernier, la mort de Maria de Hohenzollern.

*

Après la mort de Louis, Barbara de Brandebourg interdit l'accès à la Camera depicta.

Quand Barberina, sa fille, lui en demande la cause, Barbara répond : « La beauté est avare d'émotion. Il est déjà difficile de la sentir une fois. Ensuite, l'émotion perd de sa clarté et je crains que nous ne soyons davantage touchés par la nostalgie du souvenir qu'elle nous a laissé que par la chose elle-même. C'est pourquoi je tâche de ne m'habituer à rien. »

Pas même Frédéric n'a le droit de se rendre dans la Camera où est mort son père. Barbara de Brandebourg est la seule à en détenir une clé.

Elle fait installer sa chambre dans une pièce sans aucun ornement. Au début de son deuil, elle prie nuit et jour, jeûne souvent.

Selon ses propres dires, elle est d'une maigreur effrayante : « Tu ne reconnaîtrais pas en cette grande femme sèche, à la figure jaune, au regard froid, ta cousine d'autrefois », écrit-elle à Maria de Hohenzollern.

Barbara s'enferme des heures pour méditer la vanité des choses. Elle dit ne plus vouloir s'occuper des choses de ce monde pour s'en être trop occupée du vivant de Louis, ce dont elle se repent.

Elle avoue ressentir un vif déplaisir à la vue de sa fille cadette Paola, sans pouvoir s'en expliquer la cause. Barbara de Brandebourg est pressée de la voir quitter Mantoue.

*

Paola doit épouser le comte de Gorizia.

Paola de Gonzague a quinze ans. Léonhard de Gorizia en a trente-cinq, mais en paraît cinquante. Son train de maison n'a rien de comparable avec celui des Gonzague. Il passe sa vie à chasser ; sa cour est composée de rustres illettrés. Paola aime la poésie et la musique, est d'un naturel gai et charmant, « la plus douée », disait d'elle Vittorino.

Veuf, sans enfants, lourdement endetté — il a perdu une partie de ses terres du Tyrol et de la région de Gorizia —, le comte n'en a pas moins des prétentions exorbitantes. Il l'a écrit tout net à Louis de Gonzague : « Votre fille est bossue, cela exige compensation. »

Louis a cédé sur tout. La dot de sa fille

s'élève à dix mille florins en cadeaux de toutes sortes.

L'inventaire que l'on en fit après la mort de Paola laisse rêveur : joyaux, habits, étoffes, nappes et draps, vaisselle d'argent, polyptyque pour sa chapelle, échiquier en ivoire, quatre coffres d'une grande valeur, réalisés par Mantegna, contenant quatorze livres précieux, dont les œuvres de Virgile, Salluste, Cicéron, Dante, saint Augustin et les *Triomphes* de Pétrarque, ce qui constitue une merveilleuse bibliothèque.

« Ces livres sont la seule consolation de mon existence », écrira bien plus tard Paola à sa mère.

Le 11 juillet 1475, le contrat est signé.

Le 2 septembre de la même année, Louis de Gonzague meurt.

La date du mariage était fixée au 5 novembre 1475. Ce jour restera inchangé, malgré le désir de Paola de retarder cette union. Barbara de Brandebourg sera inflexible : « On ne revient pas sur la parole donnée. »

Sur ordre de Barbara, le mariage a lieu à l'église de Bolzano et non à Mantoue. L'évêque de Trente et Ludovico officièrent.

Pas une note de musique n'est jouée pour célébrer cette union, aucune fête n'est donnée, pas le moindre signe de joie à la cour ou en ville, mais un silence qui suit la désolation. Mantoue est en deuil de son prince.

Tout de suite après la cérémonie, Paola enlève son voile de mariée et le remplace par un lourd crêpe de deuil qui lui couvre le visage.

Le soir même, quand le comte de Gorizia retrouve celle qui est devenue sa femme, il lui arrache le voile et lui interdit désormais de le porter. Malgré les supplications de Paola (« Je me suis agenouillée devant lui, le visage mouillé de larmes »), le comte de Gorizia ne cède pas. Il semble qu'il ait haï Paola dès le premier regard.

La nuit de noces est effrayante. Ignorante des choses de l'amour, s'en faisant une idée d'après l'amour courtois qu'elle a trouvé dans les livres et dans l'éducation de Vittorino, elle ne s'attend pas à la brutalité de Gorizia. À moitié ivre, il la prendra « comme une bête » (*una bestia*), comme elle l'écrira à sa mère. Nous connaissons la réponse que lui fit Barbara en guise de consolation.

Le lendemain, Paola est trouvée à demi inconsciente par sa *cameriera*. Elle est si gravement malade qu'on craint pour sa vie.

Le cortège des mariés qui se rendra de Mantoue à Innsbruck ne pourra se mettre en branle que quatre semaines plus tard, à l'aube, dans un froid glacial.

Ludovico, qui est plein de compassion pour sa sœur, veut l'accompagner jusqu'à sa nouvelle résidence. Paola, encore que sa suite se compose de trente personnes, accueille cette nouvelle avec joie.

Barbara a beau dire à Ludovico que c'est inutile, il ne renonce pas à ce projet, nourrissant les plus vives inquiétudes au sujet de Paola.

Ludovico tient Barbara au courant de toutes les étapes du voyage. « Cela n'en finit pas, écrit-il à sa mère. Paola est épuisée. Elle a de grands cernes noirs sous les yeux. Ma pauvre sœur touche à peine à la nourriture, son sommeil est toujours agité, elle ne repose jamais. Louisa, sa dame de compagnie, et moi ne la quittons pas un instant. Son mari n'a pas l'air de se soucier le moins du monde de son état. Il ne s'intéresse qu'à l'étape, à ce qu'il va boire et manger et surtout s'il pourra chasser quelques heures pour, dit-il, se dégourdir les jambes et l'esprit. Notre présence lui est odieuse et il le fait sentir. »

Enfin, après trois semaines de voyage, ils arrivent au château de Bruck, à Lienz.

« L'arrivée, écrit Ludovico, dans cette ville terne, dans ce palais démeublé aux alentours arides et désolés est la chose la plus triste qu'il m'ait jamais été donné de voir. »

Barbara répond : « Ces paysages désolés, cette ville terne ! Rien ne trouve-t-il grâce à vos yeux dans ce pays qui est le mien et donc aussi un peu le vôtre ? »

Tout ce qui l'aurait heurtée ailleurs trouve ici sa raison d'être. Barbara de Brandebourg est devenue méchante.

Paola, quand elle découvre ce palais lugubre, défaille dans les bras de son frère. Ludovico décide de rester jusqu'à son complet rétablissement. Il n'a aucune confiance dans le comte.

Barbara ordonne à Ludovico de rentrer au plus tôt : « Votre présence ne peut qu'aggraver un chagrin que Paola entretient par tous les moyens et vous n'en êtes pas le moins sûr. »

Ludovico quitte le château de Bruck, trois semaines plus tard. Les adieux de Paola à son frère sont déchirants. Ludovico part le cœur brisé.

Paola ne cesse de conjurer sa mère de la laisser venir à Mantoue quelque temps. Barbara écrit alors au comte de Gorizia qu'elle appelle « son cher beau-fils » de ne pas céder aux caprices de sa fille.

Ludovico intervient et Barbara assure à Paola que l'accueillir à Mantoue est son désir le plus cher.

Dans le même moment, elle s'arrange pour trouver un prétexte qui retarde sa venue, fixe une autre date, qui n'est pas trop éloignée de la première et à nouveau renvoie *sine die* le séjour promis à sa fille.

Barbara de Brandebourg revient sans cesse sur des choses déjà entendues.

« Cela, écrit Paola, a semé la confusion dans l'esprit du comte. Il ne comprend pas ces complications. Il y voit une ruse de ma part et ne veut plus rien m'accorder. Il refuse que je me rende à Mantoue, soupçonnant je ne sais quel complot de notre famille. Ces jours-ci, il s'est comporté à mon égard en véritable ennemi. »

Il faudra laisser passer plusieurs mois avant que Paola ose demander à nouveau la permission de voyager à son mari qui, de guerre lasse, la lui accorde.

La date du séjour de Paola à Mantoue est fixée. Elle se prépare à partir quand un émissaire de la cour mantouane se présente. Barbara est malade ; dans ces conditions, elle interdit à sa fille d'entreprendre « un si grand voyage ».

« Ludovico, écrit-elle, est auprès de moi, il te confirmera qu'il est impossible pour l'heure de te recevoir. »

Au bas de la page, un mot de Ludovico confirme, en effet, à Paola les dires de sa mère.

« Je renonce, écrit alors Paola à son frère, à vivre dans un espoir qui se brise sur un refus que je ne comprends pas. Ma déception en est telle, je passe alors des moments si affreux que je préfère vivre dans l'idée que je ne reverrai plus Mantoue, ni toi, mon cher frère. Dieu m'est témoin que c'est pourtant mon vœu le plus cher, mais je ne connais pas pire chagrin que cette joie entretenue pendant des mois, ce projet de voyage établi jusque dans ses moindres détails et auquel il faut renoncer soudain.

Je ne souffre plus de voir cette joie ravie au dernier moment. Cette cruauté épuise mes forces qui sont déjà limitées ; elles suffisent à peine à me garder en vie. Je n'ai plus le courage de lutter. Le comte lui-même m'a prise en pitié. Il m'a suggéré d'aller prendre les eaux, mais j'y renonce aussi. Je n'ai plus goût à rien. »

Ludovico invite Paola à prier afin d'oublier la méchanceté du monde.

Paola répond : « La méchanceté du monde ne suffit pas, c'est le monde lui-même qu'il faut tâcher d'oublier. »

Après deux ans de mariage, Paola met au monde une fille. L'enfant, prénommée Barbara, est baptisée la nuit même de sa naissance à cause de la faiblesse de sa constitution. Elle meurt trois jours après. Paola ne s'en remettra pas. Aux lettres d'implorations de la laisser venir à Mantoue (*vi supplico*) succède peu à peu le silence. Jusqu'à sa mort, qui survient près de quinze ans après celle de Barbara, elle ne demandera plus rien aux Gonzague.

Paola mourra sans avoir revu Barbara ni Ludovico, le frère tant aimé ; non plus que Mantoue, la Camera de Mantegna et la chapelle des Gonzague, que Paola disait placer plus haut que tout.

Barbara n'éprouva jamais aucun remords d'avoir manqué de compassion envers sa fille. Lors d'une conversation, Ludovico le lui reprocha.

Alors qu'il se trouvait à Vérone, Barbara de Brandebourg revint sur les propos, touchant à Paola, qu'elle avait eus avant le départ de Ludovico.

Elle écrit : « Je n'aspire qu'à la tranquillité de l'âme, qui ne s'embarrasse de rien. »

5

« Je ne reconnais rien en Frédéric de la sagesse de Louis, écrit Barbara de Brandebourg à Maria de Hohenzollern. Je ne vois en lui qu'une étrange folie qu'il essaie de dompter sans en tirer rien de bon.

Frédéric n'aime que la chasse et la musique, seuls moments où il retrouve un peu de sérénité. Il ne peut s'endormir sans entendre de la musique. Il lui arrive de rappeler ses musiciens en pleine nuit. On le trouve errant dans le château à leur recherche. Certains musiciens ont fui Mantoue, épuisés par tant de contraintes. Quel artiste pourrait résister à une pratique si sauvage de son art ? »

Barbara de Brandebourg se tient à l'écart du pouvoir. Francesco, son fils préféré entre tous, vit à Rome. Ludovico n'aime que les plaisirs et les jeux et vit avec le regret de n'avoir pu sauver, comme il l'écrit à Francesco, sa sœur Paola « des griffes du comte de Gorizia ».

« Il s'étourdit », écrit Barbara à Maria de Hohenzollern.

Barberina est la seule à vivre selon son cœur. « Elle est entourée d'artistes. J'entretiens avec plusieurs d'entre eux une correspondance suivie. J'ai fait envoyer à Barberina des codex qui ont fait l'admiration de la cour du Wurtemberg. »

Cependant, Barberina écrit à sa mère : « Le climat allemand m'est plus favorable que le nôtre. Je ne me suis jamais aussi bien portée que depuis que je suis loin de la Lombardie et de son ciel de plomb. »

« Le ciel lombard n'est de plomb que pour vous, répond Barbara. Pour ceux qui savent le regarder, il est clair et léger, mais je ne suis pas dupe que vous parlez d'un autre genre de ciel que le nôtre et j'espère de tout mon cœur que le ciel du Wurtemberg ne verra jamais sa lumière offusquée. »

En cette fin d'année 1479, Barbara se plaint que sa vie soit monotone : « Ma fantaisie est tarie : la vieillesse m'enserre l'imagination comme une gangue », écrit-elle à Maria.

Barbara récite encore des vers de Pétrarque ou du Dante, mais son plaisir est gâté : « Il n'y a plus personne autour de moi pour les entendre : tous mes amis sont morts. »

À Noël 1479, un drame vient rompre la monotonie de la vie de Barbara de Brandebourg. Elle écrit à Maria de Hohenzollern : « Quelle folie de m'être plainte de l'ennui de mon existence ! À quoi pouvais-je aspirer de plus parfait pour l'achever ? Je ne trouve plus le repos. Cette vision affreuse du sang sur la neige me poursuit toujours.

En ce jour maudit entre tous, il faisait un

froid à pierre fendre. Au milieu de la journée, il faisait déjà sombre, tant le ciel était noir. Il neigeait depuis trois jours. Personne ne fut surpris que Rodolphe veuille aller se promener dans la campagne. Chacun sait qu'il aime depuis l'enfance sentir l'odeur de la neige, galoper jusqu'à l'épuisement sur un cheval fumant, la bave au mors.

Rodolphe revêt donc un gilet de cuir, jette sur ses épaules une épaisse houppelande de fourrure de renard, chausse des bottes de cuir lacées jusqu'aux genoux et met un bonnet de fourrure et un casque par-dessus, ce qui lui donne un air étrange ; ceux qui l'ont vu n'ont pas manqué de le noter. C'est Giulio Moser, son ami le plus proche, qui lui a dit avoir lu dans les astres qu'il devait se protéger toujours la tête sous peine de mort. Par ce froid, il ne fut pas difficile à Rodolphe de lui obéir.

Accoutré de la sorte, il choisit le coursier le plus rapide et, sauf un homme à qui il vient de parler, qui sait tout et ne fera rien pour empêcher l'irréparable, nul ne se doute de ce qui va se passer.

Après une chevauchée de plus de trois heures, mon fils arrive à Luzzara. Tout le château est endormi. Rodolphe réveille sa jeune femme, la belle Antonia Malatesta, la traîne de force dans les jardins enneigés, la passe par l'épée et revient à Mantoue, chercher protection auprès de son frère Frédéric, qui la lui accordera.

Au matin, on retrouve Antonia morte, le visage meurtri, le corps glacé, comme une rose dans la neige.

Quand il voit son frère hirsute, le visage griffé, le souffle court, la bave aux lèvres, tremblant de rage, Frédéric n'a pas le courage, qu'aurait eu assurément son père, de le renvoyer et lui accorde aussitôt sa clémence de peur de finir lui aussi passé au fil de l'épée.

Ultime précaution, écrit Barbara, Frédéric a banni à jamais de Mantoue l'ami de Rodolphe, qui avait accusé Antonia d'adultère, faisant ainsi retomber toute la faute sur lui.

L'horreur de ce crime est toujours présente à mes yeux et je ne peux voir mon fils sans tressaillir de dégoût. »

Rodolphe sent le dégoût qu'il inspire à tous. Il ne reste pas longtemps à Mantoue. Il s'engage dans l'armée de l'Empire. « Il cherche la mort sur tous les champs de bataille d'Europe, écrit Barbara, mais il a toujours la vie sauve. Cette lenteur à mourir, qu'il ne doit qu'à sa vaillance, rachètera-t-elle cette immense faiblesse du cœur ? Dieu le lui fera savoir assez tôt », conclut Barbara de Brandebourg.

Rodolphe trouvera la mort à la bataille de Taro, en 1495. Il périra lui aussi par l'épée, le front fendu, comme on le lui avait prédit.

*

Peu de temps après ce crime, Barbara apprend que Maria de Hohenzollern est au plus mal et la demande. Barbara de Brandebourg refuse de la voir. Maria ne le lui pardonnera pas.

Contre toute attente, elle a une rémission de quelques mois. Elle ne répond plus aux lettres de sa cousine. Toute correspondance entre elles est rompue.

Barbara semble alors sombrer dans l'ennui, elle n'a plus goût à rien. Elle demande souvent à Ludovico de rester auprès d'elle, de lui nommer les choses : « Les mots, lui dit-elle, glissent comme de l'eau sur ma mémoire, à leur fantaisie. Quand je crois les saisir, ils m'échappent comme des diablotins capricieux. »

Elle ne demande jamais ses autres enfants. « Ma présence, écrit Ludovico, semble apaiser un peu la terreur qui se lit toujours sur son visage. »

Barbara sort de moins en moins de son mutisme. Ludovico la visite peu, occupé qu'il est à ses plaisirs. Une *cameriera* veille Barbara jour et nuit. On craint qu'elle ne s'échappe du château San Giorgio, comme elle l'a déjà fait. Une nuit, pieds nus, elle voulait rejoindre Brandebourg, revoir le château de Jean l'Alchimiste, son père.

« Frédéric l'a fort grondée », écrit Ludovico.

Il demande à Paola de venir visiter sa mère. Paola refuse.

La mélancolie de Barbara de Brandebourg effraie Frédéric qui ne lui rend visite qu'entouré d'un grand nombre de personnages de la cour.

« Même en sa présence, il arrive à notre mère de parler seule et à haute voix. Frédéric ne le souffre pas. Je lui ai fait noter que les discours de notre mère étaient tous sensés et réfléchis, ce qui l'a grandement réconforté, non pour elle, comme tu peux l'imaginer, mon cher frère, mais pour lui-même », écrit Ludovico à Francesco.

*

En avril 1480, Maria de Hohenzollern meurt.

« La mort de sa cousine qu'elle chérit depuis l'enfance, écrit encore Ludovico à Francesco, a laissé notre mère dans le plus grand désarroi. Cependant, une des étranges raisons qui aggrave son désespoir est que sa peine n'est pas aussi forte qu'elle l'avait imaginée.

"J'ai le cœur sec, m'a-t-elle dit, c'est mauvais signe."

Autrement, elle parle peu. Sa *cameriera* dit qu'elle est douce et obéissante et les grandes colères qui l'agitaient quelquefois sont éteintes. Il lui arrive de prononcer le nom de notre père à voix basse et si la *cameriera* le lui fait noter, elle tressaille comme quelqu'un que l'on réveille en sursaut. Je lui ai dit de la laisser tranquille dans ses rêves, de ne la brusquer d'aucune façon et de la satisfaire en tout, si c'est possible. »

6

À l'approche de sa mort, Barbara de Brandebourg se fit transporter dans la Camera depicta. Elle fit placer le lit d'apparat sous l'oculus de Mantegna.

Quand elle entra en agonie, Barbara perdit l'usage de la parole. Dans les heures qui précédèrent sa mort, elle prononça cependant quelques phrases que l'on ne comprit pas : Barbara parlait la langue de son enfance et personne ne l'entendait.

La dernière chose qu'elle vit avant de mourir fut le visage des femmes penchées sur elle, la Maure qui sourit et, dans le ciel céruléen peint par Mantegna, des anges qui jouent.

Il sembla à Ludovico, qui a consigné cette scène, que Barbara esquissa un sourire. Il le dit à Frédéric. Celui-ci s'approcha du lit, murmura quelques mots à l'oreille de sa mère, qui ne répondit pas. Frédéric lui mit alors un miroir devant la bouche. Il ne fut pas terni. Barbara de Brandebourg était morte.

D'un geste rapide, Ludovico effleura ses paupières et lui ferma les yeux.

Postface

Il n'y a jamais eu de correspondance entre Barbara de Brandebourg et Maria de Hohenzollern (qui n'a jamais existé) ; pas plus qu'entre Mantegna et son beau-père Jacopo Bellini, ni entre Vittorino da Feltre — mort en 1446 et non en 1472 — et Charles ou Louis de Gonzague et encore moins Gregorio Simeone, qui n'a jamais vu le jour.

Le marquis de Ventivoglio n'a jamais possédé de collection dispersée à sa mort, lui-même étant un personnage fictif, et Montaigne n'est jamais allé à Mantoue.

J'espère que le conservateur du cabinet des estampes de Mantoue (s'il y en a un) ne m'en voudra pas de lui avoir donné une identité fantaisiste et d'avoir cité, comme étant de lui, un ouvrage imaginaire (*Lettere di Barbara di Brandebourg*).

Je suppose que Mantegna n'avait que faire des dentellières florentines, mais il a peint la Camera depicta telle qu'on peut la voir encore aujourd'hui au palais San Giorgio.

Barbara de Brandebourg a existé. Quelle fut sa vie ? Je l'ignore. J'ai rassemblé quelques éléments épars, puisés dans un article de Maria Bellonci [1] sur les Gonzague ; j'ai dit tout ce que je devais à Ronald Lightbown.

Tout cela est un jeu, du « roman » dont les personnages ont été peints dans le milieu du XVe siècle italien.

1. « Portrait de famille », revue *FMR*, n° 36.

DU MÊME AUTEUR

Aux Éditions Gallimard

LES FEMMES DE SAN STEFANO, prix François Mauriac, 1995.

LA CHAMBRE DES DÉFUNTS, 1999.

LA FUITE AUX AGRIATES, 2000 (Folio n° 3713).

LE PARADOXE DE L'ORDRE. Essai sur l'œuvre romanesque de Michel Mohrt, 2002.

LA PRINCESSE DE MANTOUE, 2002 (Folio n° 4020). Grand Prix du roman de l'Académie française.

LA CHASSE DE NUIT, 2004.

Composition Floch.
Impression Société Nouvelle Firmin-Didot.
à Mesnil-sur-l'Estrée, le 30 avril 2004.
Dépôt légal : avril 2004.
1er dépôt légal dans la collection : mars 2004.
Numéro d'imprimeur : 68199.

ISBN 2-07-031387-5/Imprimé en France.

130604